I0563441

Um corpo no jardim

Um mistério de Mirtes Clover, Volume 4

Elizabeth Spann Craig

Published by Tektime, 2023.

This is a work of fiction. Similarities to real people, places, or events are entirely coincidental.

UM CORPO NO JARDIM

First edition. October 13, 2023.

Copyright © 2023 Elizabeth Spann Craig.

Written by Elizabeth Spann Craig.

Capítulo Um

O jardineiro de Mirtes abriu a porta dos fundos e sem se preocupar em limpar as botas no tapete, pisoteou a cozinha e a sala até a porta da frente.

Dusty era totalmente incompetente como jardineiro, mas esse grau de desleixo era um exagero, até mesmo alguém como ele. Puddin, sua esposa, também ficou horrorizada. Parecia aborrecida e estava tirando o pó da mesa de centro com uma flanela, quando parou e olhou para o rastro de lama vermelha atrás do marido. — Ei! — gritou. — Não vou limpar isso, Dusty! Volte aqui! Limpe essa sujeira.

Dusty estava alcançando a maçaneta da porta quando Mirtes gritou: — Tire os sapatos, Dusty! E você ainda não terminou com o quintal! Está parecendo uma selva lá atrás.

Ele olhou para Mirtes e deu um murmúrio em resposta.

— Gostaria que não usasse produtos a base de tabaco no trabalho, Dusty. Por um lado, isso significa que você vai morrer e terei que encontrar outro jardineiro. Por outro, não consigo ouvir uma palavra do que diz. Parecia que estava dizendo *cadáver*, pelo amor de Deus!

Dusty fez uma careta antes de empurrar o tabaco de mascar para o lado com a língua. — Cadáver! No seu jardim. Chame o Red. — Ele escancarou a porta da frente e começou a correr pelo jardim repleto de gnomos em direção à casa de Red, filho de Mirtes, vizinho e chefe de polícia da pequena cidade de Bradley, na Carolina do Norte. Red era intolerante quando se tratava de cuidar dos assuntos pessoais de Mirtes e não gostava nem um pouco do seu hobby de combater o crime.

Considerando que Dusty estaria relatando o crime nos próximos segundos, Mirtes precisava agir rápido se quisesse investigar o assassinato que tinha acontecido em seu próprio jardim, antes de ser afastada da cena do crime.

Puddin estava fazendo o sinal da cruz, embora Mirtes soubesse que ela era evangélica. Estava pálida após o choque por ter visto o corpo do jardim. E também parecia estar murmurando algo baixinho - possivelmente uma estranha variação da Oração do Pai-Nosso. Ela viu que Mirtes estava saindo para ver o corpo e sibilou: — Feche os olhos do morto, Sra. Mirtes!

— Por que eu faria isso? Não posso tocar no corpo, Puddin. Red vai servir minha cabeça em uma bandeja de prata se eu fizer isso.

— Se não fechar os olhos, ele encontrará alguém para levar junto na jornada para a vida após a morte!

— Puddin, estou farta de suas bobagens. Por hoje chega. Nunca sei que tolice vai sair da sua boca. Pode se servir de uma bebida da minha geladeira. Mas apenas hoje! Isso deve ajudá-la a se recompor o suficiente para terminar a limpeza. Tenho coisas para fazer, está bem? — Em seguida, Mirtes foi para o jardim.

E ali, bem na frente dos arbustos de azaléia e perto do alimentador de pássaros, estava o corpo. Parecia ser um jovem. Aparentava ter trinta e cinco ou trinta e seis anos. Isso ainda era considerado jovem? Certamente parecia jovem para a octogenária Mirtes. Era bonito de uma forma simples, exceto que parte da cabeça estava esmagada, o que parecia ser o motivo que o colocou naquela situação até aparecer morto nos arbustos.

E para piorar a situação, a cerca de um metro de distância do homem, estava um de seus gnomos favoritos, caído de lado com a base lascada. Era o gnomo viking, de expressão feroz que ssegurava uma espada e misteriosamente também segurava um cachimbo. Mirtes tinha certeza de que os vikings não fumavam, mas o gnomo tinha muita personalidade. Agora era uma arma do crime e era bem provável que seria levado para análise. Um dia ruim para o gnomo viking. De repente, Mirtes pareceu intrigada. Observando mais de perto, parecia que o lado em que o gnomo caiu estava rachado e quebrado. Ela suspirou.

Haveria alguma pista? Não viu pegadas além das de Dusty, mas parecia que os arbustos tinham sido pisoteados. Será que o assassino se escondeu nos arbustos, pulou e golpeou a vítima na cabeça?

Quem diabos era aquele homem?

Vendo pelo lado positivo, ele parecia ter assustado os esquilos que insistiam em invadir o alimentador de pássaros.

— O que aconteceu dessa vez, mãe? — Mirtes se assustou ao ouvir uma voz lhe chamar.

— Red — bufou. — Não é uma coisa boa. Embora você imagine que não seja possível encontrar corpos no meu jardim, uma vez que o chefe de polícia mora do outro lado da rua. Onde esse mundo vai parar?

Red avaliou o corpo. — Esse homem me parece familiar, mas não consigo me lembrar — disse, soltando um suspiro. — Então, qual é a sua relação com ele, mamãe? Por acaso ele trapaceou no bingo? Ou lhe chamou de *docinho*? A senhora odeia ser chamada de *docinho*.

— É inapropriado e desrespeitoso. E também vergonhoso que as pessoas chamem os idosos por nomes de animais de estimação. E respondendo à sua pergunta, não sei quem é esse sujeito.

— Parece que seu gnomo o matou — disse Red, acenando com a cabeça para o viking. — Tem certeza de que não guarda rancor desse homem?

— Se fosse o caso, com certeza não teria usado meu viking para matá-lo. E muito menos quebrá-lo. É um dos meus favoritos. Não é um dos seus preferidos, também?

— Tento não olhar para seus gnomos, mamãe — respondeu Red, em tom firme.

Os gnomos apareciam no jardim e nos fundos da casa de Mirtes quando Red fazia algo para aborrecê-la. Aquilo era um fato bem conhecido por todos na cidade de Bradley. Como Red não gostava dos gnomos e morava bem próximo de Mirtes, deixar uma centena deles à mostra valia o esforço e deixava bem claro o seu ponto de vista. Desta vez, os gnomos estavam ocupando o jardim porque Red estava insistindo para que ela considerasse o uso de um andador, o que não fazia o menor sentido. A bengala era suficiente.

— Faz alguma ideia de quanto tempo ele está aqui? — perguntou Red, ficando de joelhos para observar o corpo.

O fato de não ter visto nada e nem percebido nenhum movimento no jardim quando o crime aconteceu, estava tirando Mirtes do sério. — Não sei. Foi Dusty quem o encontrou. — Era difícil admitir.

— Acha que ele pode estar aqui desde a noite passada?

Mirtes reconstituiu a noite. — Bem, eu estava no jardim alimentando Pasha, logo depois que escureceu. Talvez por volta das 21h. Não me lembro de ter visto um corpo. Mas Pasha estava agindo de forma estranha. Sibilando para as sombras, o pelo arrepiado, esse tipo de coisa.

— Considerando que Pasha é um animal selvagem, acho que a senhora não deu muita importância a esse comportamento — disse Red, em tom seco.

— Pasha é uma gata adorável, mas é verdade. Às vezes ela se transforma em uma criatura selvagem. Culpa dos ciclos lunares.

— Se a senhora prefere culpar a lua... A gata está sempre se comportando de forma estranha. Parece que vive querendo atacar as pessoas o tempo todo.

— O comportamento dela é perfeitamente normal — rebateu Mirtes, franzindo a testa. — Podemos voltar ao corpo? Avisou a polícia estadual?

— Liguei enquanto estava vindo para cá, mas não contei que o corpo estava no jardim da minha mãe. — Red passou a mão pelos cabelos ruivos que lhe davam o apelido. Pareciam estar ficando mais brancos a cada vez que Mirtes o via. — Então a senhora não o viu caído no chão quando alimentou Pasha?

— Mas a gata estava agindo de forma estranha, então... — enfatizou Mirtes.

Red ignorou o comentário. — E também não o viu pela janela quando se levantou hoje de manhã? E nem no meio da madrugada? Teve insônia ontem à noite, como de costume?

Mirtes teve insônia. Sentiu como se estivesse na hora de levantar bem no meio da noite e foi dar uma volta na rua. Não significa que fosse contar. Um passeio às duas da manhã provavelmente daria motivos para Red iniciar um sermão sobre sonambulismo.

— Sim, estava acordada ontem à noite, então talvez devesse ter ouvido alguma coisa. Acho que passou um longo período até que decidi tomar um banho quente. Gosto de fazer isso às vezes, para relaxar os músculos e limpar os seios da face com o vapor. Depois, fiquei acordada até as três da manhã, mas não vi nada.

Uma tosse discreta fez ambos se virarem. Era Miles, o vizinho de Mirtes. Ele olhou para o corpo caído no chão, depois para Red e Mirtes e deu um sorriso discreto. — Algum problema?

Red suspirou. — Estou apenas tentando descobrir se mamãe passou dos limites e matou alguém para ter um crime para investigar. Não tenho certeza de até onde ela seria capaz de ir para evitar o tédio.

Mirtes lançou um olhar repreensivo para o filho. — Eu jamais faria tal coisa! — Em seguida se virou para Miles: — Dusty encontrou um corpo no meu jardim esta manhã. Estamos tentando descobrir quem é, quando morreu e quem cometeu o crime.

— Se Dusty e Puddin ainda estão aqui com tudo isso acontecendo, isso explica porque ela está no seu jardim segurando uma cruz e resmungando para Pasha — disse Miles, em tom casual. — Enquanto toma xerez, devo acrescentar.

— Ah, Puddin acha que Pasha é uma bruxa. Sempre faz essas tolices, você sabe como ela é. Eu poderia resgatá-la, mas Pasha pode se defender sozinha. — A gata era muito feroz quando não gostava de alguém.

Miles estremeceu. Pasha também não gostava dele.

— Tem ideia de quem é esse sujeito, Miles? Notou algo estranho ontem à noite? — perguntou Red.

Miles se aproximou, pisando com cuidado na grama, como se estivesse com medo de adulterar as evidências. Ele parou, se inclinou e voltou a posição normal. Em seguida se virou para Red e Mirtes: — Aquele... — disse, tirando os óculos de armação de aço para limpá-los. — É meu primo Charles.

Capítulo Dois

R ed e Mirtes encararam Miles.
— Seu primo Charles está morto no meu jardim? Que descuido da sua parte, Miles!

— Charles não é minha responsabilidade — protestou. — Faz anos que não o vejo. Além do mais, ele é um homem adulto, pelo amor de Deus. Não tenho a menor ideia do motivo dele estar morto no seu jardim. Não vi e nem ouvi nada ontem à noite. Fui dormir bem cedo e até coloquei protetores de ouvido, porque Pasha estava uivando e agindo de maneira peculiar. Não que isso seja algo fora do normal.

Todos olharam em silêncio para a cena por um momento. O jardim estava repleto de gnomos, alimentadores de pássaros, azáleas coloridas... e um corpo bloqueando o caminho que descia a colina arborizada até o pequeno deque no lago.

— Eu nem sabia que você tinha um primo chamado Charles — disse Mirtes.

— Ele não é o tipo de primo que se comenta a respeito — explicou ele, colocando os óculos de volta no rosto e olhando pensativo para o corpo.

— Alguma ideia do motivo dele estar morto no jardim da mamãe? Adoraria ter algumas teorias para quando a polícia estadual chegar. Principalmente porque minha mãe está envolvida.

— Não estou mais envolvida do que Dusty! — rebateu Mirtes. — Acabei de *hospedar* o cadáver. Dusty encontrou o corpo. E boa sorte ao tentar arrancar alguma informação sensata dele.

Miles pigarreou. — Se eu tivesse que adivinhar, diria que ele estava aqui tentando me tirar dinheiro. Apenas um palpite.

Mirtes ficou impressionada com o fato de Miles ter se aventurado no reino da imaginação o suficiente para criar um possível cenário. — É muita criatividade da sua parte, Miles.

— Então, esse Charles... Costumava contrair muitas dívidas? — Red estava fazendo anotações.

— Não sei nada a respeito das dívidas dele, mas sei que é uma daquelas pessoas que está sempre em um buraco sem fim. Cresceu aqui em Bradley, mas deixou a cidade quando se formou no ensino médio, eu acho. Não tenho certeza se já manteve um emprego por mais de um mês, mas sua mãe sempre fazia concessões ao mesmo tempo em que dizia: 'Ah, Charles nunca consegue encontrar um emprego que permita mostrar suas qualidades'. Se Charles tinha algum talento, devia estar relacionado à procrastinação e desonestidade.

— A mãe dele? — perguntou Mirtes. — Você também tem uma tia aqui na cidade? Sério, Miles! Algum outro parente que eu deva saber? — Ela olhou ao redor como se a família de Miles fosse começar a surgir por trás dos gnomos ou cair do céu a qualquer momento. — Talvez uma vovó enlouquecida no sótão, com uma roda de fiar?

Red revirou os olhos. — Se eu estivesse no seu lugar, não estaria falando sobre vovós malucas, mamãe. Além disso, é a senhora quem tem parentes por toda a parte. Tem parentesco com a maioria dos habitantes da cidade. Pode até ser que seja parente do primo Charles.

— Bem, isso é normal quando se mora em uma cidade pequena. As pessoas se casam com pessoas da mesma cidade — disse Mirtes.

— Tenho uma tia por perto, mas ela não mora em Bradley. Mora em Simonton — explicou Miles.

— Ah, então ela mora muito longe. Tipo a dez minutos daqui — disse Mirtes, em tom sarcástico. — E você não está um pouco velho para ter tias vagando por aí? Ela deve ter centenas de anos.

— Na verdade, esta tia é mais jovem do que eu — rebateu Miles, de forma rude.

— Quanto mistério!

— Mamãe, desista. Então Miles, o senhor mantém contato com sua tia com frequência?

— Não muito. Na verdade, ela é uma pessoa bastante desagradável de se ter por perto. Nos falamos quando me mudei para Bradley, mas fora isso, só falei com ela por telefone algumas vezes — suspirou. — Acho que vou ter que entrar em contato com ela a respeito dessa situação. — Miles não parecia estar ansioso pelo encontro.

— Pensei que você tinha se mudado de Atlanta para cá porque a cidade é um ímã de aposentados, com o lago e tudo mais. — Mirtes ainda estava incomodada por Miles ter escondido detalhes de sua vida. Bradley, na Carolina do Norte, com uma população de mil e quinhentas pessoas, não era de fato um ímã de nenhum tipo. Mas havia um belo lago, que tendia a atrair uma população em idade de se aposentar.

— Era parte do plano. Mas o motivo por eu estar tão familiarizado com a área foi porque tinha família na cidade — continuou Miles. — Meu tios moraram aqui até meu tio morrer e minha tia se mudar para Creighton.

A porta dos fundos bateu. Dusty se aproximou sem pressa e olhou para Charles. — Tudo bem, é só um corpo — disse, aparentemente procurando alguém que concordasse com o que tinha acabado de falar.

— Por acaso viu esse cara pela cidade, Dusty? — perguntou Red.

Dusty semicerrou os olhos para o corpo. — Sim, vi ele lutando no jogo de pôquer. — Em seguida acenou com a cabeça para Red. — Você também o viu.

Red se aproximou para observar o corpo mais de perto. — Tem razão. É o cara da briga que apartei no fim de semana passado.

— Como disse, não é o tipo de primo que se comenta muito a respeito — completou Miles.

Red estava tentando se lembrar do incidente. — Ele estava lutando com Lee Woosley. Não cheguei a anotar os nomes, mas mandei que parassem com aquilo ou eu teria que prendê-los por uma noite. Os dois meio que fugiram, pelo que me lembro. Não reconheci Charles e ele disse que estava de passagem pela cidade.

— Red olhou para o corpo outra vez. — Pelo visto, terei que checar essa informação.

— Vou levar Puddin para casa. Ela perguntou se a senhora fechou os olhos do homem.

— Você *não* vai levar Puddin para casa agora! Ainda não terminou de cortar a grama e arrancar as ervas daninhas do jardim. E tenho certeza de que Puddin não fez nada desde que você encontrou este corpo — disse Mirtes.

— Acho que a senhora vai preferir que eu a leve para casa. Ela está falando algo sobre espalhar as cinzas da lareira para se proteger dos espíritos.

— O quê? Essa superstição nem sequer existe... Aposto que ela acabou de inventar isso. — Puddin e Dusty fariam qualquer coisa para fugir do trabalho. Uma vez que fossem embora, seria quase impossível fazer com que conseguissem voltar para terminar o serviço que começaram. Mirtes correu para dentro de casa antes que Puddin jogasse as cinzas por todo o lugar. Era como lidar com crianças com necessidades especiais.

Red estava explicando a Dusty porque não podiam mexer no corpo antes que a polícia estadual chegasse, uma vez que ele estava argumentando que Charles estava procurando alguém para levar junto para a vida após a morte. Tudo aquilo fez Mirtes ficar com dor de cabeça.

Puddin já estava em frente à lareira quando Mirtes gritou: — Pare! Pare com isso, Puddin! A menos que queira limpar toda essa sujeira, saia de perto da lareira.

Ela olhou para Mirtes de cara feia, mas havia um medo genuíno em seu rosto. — Tem sempre algo perigoso acontecendo aqui. Este lugar está enfeitiçado.

— Enfeitiçado por falta de limpeza e preguiça, talvez. Puddin, você nem terminou o trabalho que começou! E a cozinha? Você disse que ia lavar o piso.

— Não vou fazer faxina com esses espíritos malignos por perto — disse Puddin, balançando a cabeça em desafio.

— Estou ficando velha demais para esfregar o chão e fazer limpeza pesada — murmurou Mirtes.

— Mas não está velha demais para perseguir criminosos? — perguntou Red, entrando na sala.

— Lutar contra o crime não exige que eu me abaixe. Limpar rodapés e esfregar banheiros significa se curvar — rebateu Mirtes. — Esse lustra-móveis é meu! — Puddin estava recolhendo seu material de limpeza. Incluindo alguns que pertenciam à Mirtes.

— Não é não! Eu trouxe da minha casa.

— Trouxe da sua casa porque levou da última vez que esteve aqui. — Puddin deveria usar seus próprios materiais de limpeza, mas nunca os trazia.

Ressentida, Puddin devolveu o lustra-móveis e disse algo que tinha certeza que atingiria Mirtes como um soco: — A propósito, sua vizinha Erma, está lá fora. — Ela parecia feliz com a indignação no rosto de Mirtes.

Mirtes foi até a janela espiar. Sua vizinha intrometida, com cara de burro estava parada no jardim, perto da porta, boquiaberta. — O que a está impedindo de tocar a campainha?

— Aquela bruxa. Está na varanda da frente. Espíritos malignos — disse Puddin, mencionando o ocultismo outra vez.

— Pasha? — Esta era uma das razões pelas quais Mirtes amava tanto aquela gata. — Minha gatinha querida.

— Preciso que a tire de lá — disse Puddin, segurando um balde com as duas mãos. — Não posso sair enquanto ela estiver lá fora.

E Erma não podia entrar com Pasha na varanda. Parecia que a gata precisava ficar imóvel.

— Você não pode ir a lugar nenhum, Puddin. Tenho que pegar o depoimento de Dusty. E a polícia estadual pode querer interrogá-lo também — disse Red, com a voz autoritária.

— O quê! Preciso ir para casa. Quanto tempo isso vai demorar? — Puddin parecia apavorada.

— Quando conseguirem enviar uma viatura. Pode demorar por volta de uma hora. Mas estão a caminho.

— Vou perder a novela! — disse Puddin.

— É melhor continuar a faxina enquanto está aqui — disse Mirtes, com satisfação. Então, Puddin estava querendo escapar para assistir à novela.

Mirtes espiou pela janela outra vez quando o telefone começou a tocar. — Erma foi embora, então provavelmente é ela quem está ligando — disse e olhou com indignação para o telefone tocando. — Puddin, se não vai limpar a casa, pode ao menos atender o telefone? Com certeza haverá muitas ligações assim que a polícia estadual e os peritos chegarem.

Puddin olhou para o telefone.

— E tente ser gentil.

Puddin se inclinou e pegou o telefone enquanto se esticava o máximo que sua baixa estatura permitia. — Residência da Sra. Mirtes. — Ela ouviu por um segundo e depois revirou os olhos. Aparentemente era Erma, como Mirtes havia imaginado, pois conseguia ouvir a voz anasalada de onde estava. — A Sra.

Mirtes está ocupada agora. Isso mesmo. Tem um homem morto no jardim. Sim. — Puddin afastou o telefone do ouvido e gritos podiam ser ouvidos a metros de distância. — Preciso ir — Ela colocou o telefone de volta no gancho sem se importar com os gritos que continuavam.

O telefone voltou a tocar. Mirtes pegou o fone, desligou e deixou fora do gancho. — Isso deve fazer os intrometidos pararem de atormentar.

É óbvio que não foi o que aconteceu. Quando a polícia estadual e a equipe forense terminaram de processar a cena e interrogar o pobre jardineiro, a cidade inteira estava alvoroçada com a notícia do cadáver encontrado no jardim de Mirtes Clover. E metade da cidade estava no jardim de Miles e de Erma para assistir aos procedimentos.

Mirtes ficou muito satisfeita por sua casa ser o centro de comando temporário para uma investigação. Geralmente ela era expulsa das cenas do crime. Desta vez estava cercada pela cena do crime. Pelo que pôde perceber em trechos de conversa, o corpo estava no jardim desde a noite anterior. Charles, o primo de Miles, de fato foi morto por um golpe na cabeça utilizando o gnomo viking. E não parecia haver nenhuma evidência real que indicasse quem era o assassino.

— Dusty e Puddin, já terminamos com vocês. Estão liberados para irem embora — disse Red.

Puddin não pensou duas vezes. Pegou o balde de limpeza e foi embora com Dusty o mais rápido possível. Mirtes observou pela janela enquanto os dois saíam e notou o editor do pequeno jornal local e seu chefe, Sloan Jones, tirando fotos. Dusty parecia tão rabugento como sempre, mas Puddin conseguiu fazer uma pose sorridente enquanto segurava o balde.

Os vizinhos pareciam estar fazendo perguntas e ela viu Puddin colocar o balde no chão e aproveitar os poucos minutos sob os holofotes. Pela interpretação de Mirtes, parecia que a história girava em torno de Pasha, a gata bruxa e espíritos malignos. O público assistiu com os olhos arregalados, em êxtase até que Dusty a puxou pelo braço e subiram na velha caminhonete.

A polícia finalmente terminou o protocolo. O depoimento de Mirtes foi bem curto, já que ela não tinha visto e nem ouvido nada. Miles também não tinha sido muito útil, já que ele só conseguiu identificar a vítima e fornecer informações muito vagas, pois também não tinha visto ou ouvido nada. — Preciso procurar minha tia e lhe dar a notícia? — perguntou, com a voz bem estressada.

— Não, acho que seria melhor se a polícia se encarregasse disso. — Red suspirou. — Queremos conversar a respeito de Charles, descobrir por que ele estava na cidade, a última conversa que tiveram, esse tipo de coisa. Mas obrigado.

Miles pareceu aliviado. — Maravilha. Quero dizer, ah, que bom. Assim posso adiar um pouco a conversa com minha tia, embora suponho que terei que oferecer algum tipo de almoço fúnebre, recepção familiar ou algo parecido, já que o jazigo da família está aqui em Bradley.

A mente de Mirtes estava a mil. — Sei o quanto isso seria desgastante, Miles. Ainda mais porque você não gosta da sua família.

— Eu não disse que não gostava...

— Então, eu ficaria feliz em oferecer uma recepção. Aqui na minha casa. Perto do local onde o primo Charles passou os últimos minutos.

Capítulo Três

Red parecia surpreso. — Uma recepção? Com direito a comida?

— É óbvio que sim! Estamos no sul, Red. As pessoas precisam de comida quando estão de luto. As pessoas *esperam* comida quando estão de luto.

— As pessoas não esperam o tipo de comida que a senhora cozinha, mamãe. — Red e Miles trocaram olhares sombrios.

— Pois eu acho que ficarão encantados. — Mirtes franziu a testa. — Está tentando menosprezar a minha comida de novo?

— Só estou dizendo que, a menos que a senhora queira mais um monte de cadáveres na sua casa, eu consideraria contratar um bufê para a recepção. Mas é apenas a minha opinião. Miles, entrarei em contato em breve. Preciso ir até a delegacia e preencher a papelada. — Red se despediu e se dirigiu para a porta da frente.

Mirtes se apressou em dizer: — É melhor tomar cuidado. Erma saiu do covil e parece estar pronta para incomodar alguém.

Red espiou pela janela da frente e viu o mar de gnomos. — Sabe mamãe, a senhora também não é exatamente um modelo de vizinha.

— Claro que sou!

— Sou seu vizinho, então acho que estou bem qualificado para dar uma opinião nesse quesito — disse Red.

— Miles, me apoie!

Mas o pobre Miles parecia estar absorto em algum tipo de pesadelo em forma de flashback e Mirtes acreditava que aquilo não tinha relação com seu valor como vizinha.

— Bom, parece que Erma desistiu e voltou para casa — disse Red.

— Pasha é um gata *maravilhosa.* — Mirtes parecia satisfeita.

— Se a senhora diz. E mamãe, ainda não sei o motivo por trás desse assassinato, então por favor, certifique-se de manter as portas trancadas. Não sabemos com o que estamos lidando. E pelo amor de Deus, não banque a detetive. Tudo o que preciso é que a senhora meta o nariz no meio dessa confusão e estrague minha investigação. — Ele saiu pela porta da frente e caminhou em direção à rua.

Mirtes correu atrás dele, batendo com a bengala. — Não tenho o hábito de atrapalhar as investigações — disse, tornando a voz o mais fria possível. — Como bem sabe, eu resolvo os mistérios. Ajudo você.

Red balançou a cabeça. — Talvez a senhora tenha tido sorte, mamãe. Talvez tenha encontrado alguma pista por acidente. Independentemente disso, a senhora precisa se manter longe desta vez. Acabou de se curar de uma forte virose, seguida de uma infecção.

— Que forte virose? Está se referindo aos espirros? — Mirtes deixou escapar uma risada zombeteira. — É preciso mais do que um nariz escorrendo para me derrubar, Red.

— *Foi* bem mais do que um nariz escorrendo. Afetou seus pulmões, e como bem sabe, a senhora acabou desenvolvendo uma bronquite.

— Foi só uma tosse. — Aquela conversa estava começando a deixar Mirtes mal-humorada.

— Só uma tosse ou outro lembrete de que está na casa dos oitenta? A senhora não está mais na flor da idade. Deixe a investigação para os profissionais.

Foi adorável ouvir que estava velha demais para fazer as coisas.

Jack, o filho de Red, saiu correndo de casa e viu Dusty guardando o cortador de grama na caminhonete em ruínas. O menino atualmente estava fascinado por qualquer coisa com motor. — Cortar! — disse, meio que implorando ao pai, apontando para o aparelho caindo aos pedaços.

Red pegou Jack no colo e lhe deu um abraço. — Não pode fazer isso, querido — disse, girando o menino e colocando-o novamente no chão. — Você é muito pequeno para cortar a grama. Mas eu adoraria que me ajudasse daqui a dez anos.

Mirtes olhou com ironia para o neto enquanto Red corria para casa. — Então eu sou velha demais e você é muito jovem.

Jack franziu a testa e apontou outra vez para o cortador.

— Sorte sua que descobri a cura para esses tipos de insultos e rejeições. — Mirtes procurou algo no bolso do vestido. — Chocolate.

Os dois compartilharam um sorriso. Mirtes partiu a barra de chocolate ao meio. Jack colocou um pedaço grande na boca e depois deu sorriu mostrando os dentes sujos de chocolate.

— Agora preciso que vá para casa, meu amor. Tenho algumas coisas para fazer. — Mirtes observou o menino correr em segurança e entrar em casa.

Miles estava fazendo movimentos como se quisesse ir embora.

— Sente-se, Miles. Afinal, isso deve ter sido um grande choque para você.

Miles suspirou resignado, obedeceu e disse: — Não necessariamente. Não consigo me sentir nem um pouco abalado com isso.

Ele se acomodou no confortável sofá e Mirtes se sentou na poltrona, se inclinando para a frente. — Muito bem. Agora, vamos ouvir tudo a respeito do primo Charles.

Miles piscou por trás dos óculos. — Como disse à polícia, eu não...

— E também não quero aquela história vaga que contou à polícia. Quero toda a sujeira do homem que acabou morto no meu jardim.

Miles suspirou. — Não tenho nenhuma sujeira para contar, Mirtes. Nem conheço o homem. E nem queria conhecer. Ele era muitos anos mais novo do que eu, obviamente, e sempre parecia um tanto desagradável, não importa o quanto minha tia se gabasse.

— Desagradável. Agora estamos chegando a algum lugar! Que qualidades faziam dele uma pessoa desagradável?

— Ah, não sei. Às vezes, uma de minhas outras primas me enviava um e-mail falando sobre Charles. Coisas que tinha ouvido, como por exemplo, ele ter lutado contra o abuso de substâncias.

— Então ele era um drogado. Bem, isso é algo sólido com o qual podemos trabalhar. O que mais?

— Não um drogado. Talvez alcoólatra. Não tenho certeza. De qualquer forma, se minha tia desconfiasse dos problemas de Charles, provavelmente culparia alguma conspiração governamental, pois sempre dava desculpas para proteger o filho. Eu simplesmente cortei relações com ela.

— Entendi. Bem, as pessoas fazem coisas desesperadas para conseguir a próxima dose, certo? Mesmo que seja uma garrafa de uísque. Então, vamos em frente. Quem você acha que poderia querer matá-lo?

— Não faço a menor ideia, já que eu não o conhecia.

— Vou reformular a pergunta. Quem queria matá-lo... além de você?

—O quê? Eu não queria matar o meu primo! Acabei de dizer que nem o conhecia.

— Exceto que Charles queria lhe tirar dinheiro. Acredito que você seja bastante intransigente quando se trata de dinheiro. Não se importa de gastar uma boa quantia em uísque de boa qualidade e em edições de colecionador dos livros de Hemingway, mas não quer apoiar o primo inconveniente e usuário de drogas.

— Não sou esse tipo de pessoa! O que estou querendo dizer, é que não é bem assim. E não tenho ideia por que meu primo estava por perto... só acho que estava tentando me encontrar para pedir dinheiro. Pode ser que ele estivesse tentando invadir sua casa para procurar dinheiro ou algo para vender. Nesse caso, talvez *você* o tenha matado com o gnomo, em legítima defesa.

Ou, para ter algo para fazer. Sabemos o quanto fica entediada e o quanto gosta de investigar mistérios.

Miles se levantou, alisando rugas imaginárias da calça cuidadosamente passada enquanto Mirtes tentava formular uma resposta. — Agora tenho que ir. Preciso conversar com minha família sobre esta morte trágica. — Ele se levantou e saiu bufando.

Mirtes o observou, pensativa. Era engraçado como a morte surtia efeitos tão interessantes sobre as pessoas. — Ah, Miles, sente-se. Preciso de cerca de quarenta e cinco minutos para relaxar e organizar meus pensamentos.

Miles se animou. — Está propondo assistirmos à novela?

— Com certeza. Acabei de gravar. Podemos comer alguns biscoitos com manteiga de amendoim enquanto assistimos ao capítulo de hoje — disse Mirtes, com satisfação.

— Contanto que se lembre de que não deve contar a ninguém que eu *assisto* novelas. Você me transformou em um noveleiro.

— São programas muito divertidos — concordou Mirtes, com conhecimento de causa.

— NÃO FICOU ASSUSTADA? Ao encontrar um corpo no jardim? — perguntou Elaine, a esposa de Red. Naquela tarde, Mirtes atravessou a rua até a casa do filho para visitar a nora e o neto. O pequeno Jack brincava no chão fazendo barulho de caminhão e empurrando carrinhos de brinquedo.

Mirtes balançou a cabeça. — Nem um pouco. Mas não fui eu quem encontrou o corpo. Foi Dusty.

Elaine estendeu a mão e tirou um carrinho da boca de Jack. — Ah, isso deve ter sido interessante. Dusty está sempre carrancudo quando o vejo. Ele ficou surpreso quando encontrou o corpo? Preocupado? Chateado?

— Claro que não. Ele é teimoso demais. Parecia mais preocupado com o fato de a remoção do corpo estar de alguma forma incluído no trabalho do jardineiro. Continuou reclamando que não era justo que houvesse um corpo no jardim, quando já tinha que arrancar as ervas daninhas ao redor dos gnomos. — Mirtes revirou os olhos.

— Puddin estava junto quando ele encontrou o corpo?

— Não. Mas você já deveria saber a resposta para essa pergunta. Se Puddin tivesse encontrado o corpo, você teria ouvido os gritos. — Jack se levantou e entregou um carrinho de polícia todo babado para Mirtes, que o pegou com cautela e fez barulho de motor.

— Sempre pensei que Bradley fosse uma cidadezinha pacífica — disse Elaine, pensativa. — Com ruas tranquilas e arborizadas, lojas pitorescas. Nenhuma rede de franquias. Um lindo lago. E aqui estamos nós, com corpos espalhados pela cidade o tempo todo.

— É pacífica, Elaine, isso eu posso afirmar. Existem cidades com muito mais crimes. Você acompanha os casos em que Red costuma trabalhar.

Elaine assentiu. — Como a Sra. Hatter, que liga para reclamar das crianças que invadem seu quintal e cortam o varal.

Chamadas incômodas dos Smiths porque os vizinhos sempre tocam música alta na casa ao lado e isso os deixa loucos.

— E não se esqueça da grande tarefa como chefe de polícia. Colocar as decorações de Natal da cidade todo mês de novembro.

— Red acha que essa é a parte mais difícil do trabalho. — Elaine riu. — E está convencido de que alguém entra escondido na prefeitura todo verão e emaranha todas as luzes de propósito.

As duas riram e Jack, observando-as, também riu. Mirtes estendeu a mão para abraçar o menino.

— Mas nem tudo é um mar de rosas. Red teve um incidente outro dia e eu estava com ele.

— É mesmo? — perguntou Mirtes, enquanto Jack lhe agarrava perna e dirigia um carrinho de brinquedo para dentro de sua calça azul-marinho.

— Sim. — Elaine se levantou e atravessou a sala até uma mesa transbordando de papéis e começou a vasculhar as pilhas.

Mirtes estremeceu ao observá-la. Elaine devia ter um novo hobby. Ela assumia novos hobbies com determinação e investia grande parte de sua considerável energia nessa busca, exaurindo todos ao seu redor. Infelizmente, ela ainda não havia descoberto algo que em fosse de fato talentosa.

Elaine parou de vasculhar a pilha de papéis e se virou abruptamente para Mirtes com uma expressão entusiasmada, muito familiar. — Sabia que comecei a fotografar?

Fotografia. Excelente! Não seria mais submetida à aquarelas ou pinturas à óleo, horríveis e meticulosamente criadas. Nada de esculturas misteriosas ou desenhos indecifráveis a carvão. — Não sabia. Está gostando?

— É fantástico! — Elaine continuou procurando na pilha de papéis, enquanto Jack se aproximava para brincar com o carrinho no pé dela. — Adoro a sensação de estar olhando o mundo através de lentes. Isso me deixa mais perto do mundo e mais distante ao mesmo tempo.

Mas será que ela era boa mesmo? Ou seria mais um daqueles empreendimentos em que Red e Mirtes faziam falsos elogios, porém bem-intencionados?

— Estou apenas começando, por isso estão um pouco desfocadas — disse Elaine, segurando algumas fotos.

Que ótimo!

— Fotografo basicamente composições de naturezas mortas, então essa cena de ação foi algo novo. É só para provar que, afinal, temos coisas acontecendo em Bradley — disse, entregando as fotos para Mirtes.

E lá estava o primo Charles, em um estado vibrante, pré-assassinato, no ato de dar um soco no rosto de Lee Woosley em um jogo de pôquer.

Elaine disse com pesar: — Se não tivesse aquele pedaço do meu dedo aparecendo no canto, teria ficado ainda melhor. Estava tão animada por ter algo emocionante para registrar que esqueci como manusear a câmera.

Mirtes pegou a foto e a colocou na mesinha ao lado da poltrona onde estava sentada e continuou olhando. Havia algumas de Jack, bem fofas, mas que não eram exatamente obras-primas. Outras do centro de Bradley com closes da antiga placa da Coca Cola do Bo's Diner, de bandeiras americanas ao longo da rua principal, reuniões, senhoras fofocando na feira e idosos conversando perto no posto de gasolina.

E havia outra foto do primo Charles. Desta vez ele não estava brigando, mas parecia estar tendo uma conversa profunda e significativa com o dentista de Mirtes. Ela reconheceu aquele cabelo ruivo de imediato e franziu a testa. Primo Charles estava com problemas dentários? Por que estava falando tão sério?

— Então, o que a senhora acha? — perguntou Elaine, parecendo ansiosa.

— Acho que o primo Charles era um encrenqueiro — respondeu Mirtes, com convicção.

— Estou me referindo ao que a senhora acha das fotos. Acha que tenho algum talento? E... quem é o primo Charles? Não me diga que a senhora tem mais parentes? — Parecia que a possibilidade de existir mais membros da família Clover deixava Elaine desconfortável.

— Suas fotos são muito interessantes — respondeu Mirtes, com sinceridade. — Principalmente o tema. Acho que você tem um talento especial para composição.

Elaine respirou fundo. — Que bom. Porque eu queria pedir ao Red para me comprar uma câmera melhor. Ele disse que não queria desembolsar muito dinheiro, a menos que eu continuasse com esse hobby.

Ao contrário dos outros hobbies.

— O primo Charles é a vítima. Não mencionei isso? Não é meu parente, é primo de Miles. E você tem duas fotos dele.

— É sério? Isso é ótimo! Quando eu mostrar a Red, talvez isso o faça apoiar meu interesse pela fotografia. Sabe como ele sempre olha meus hobbies com desconfiança.

E com razão. — Se importa se eu fizer uma cópia dessas fotos antes de mostrá-las a Red? Para meus registros.

Elaine pareceu intrigada e depois sorriu. — Ah, entendi. A senhora está investigando de novo.

— Tenho que ajudar a eliminar Miles como suspeito. Ele tem sido um bom amigo.

— Red sabe disso? Ele fica muito aborrecido quando a senhora começa a bisbilhotar os casos dele.

— Não mencionei meus planos para ele e se você puder manter isso em segredo, eu agradeceria, Elaine. De qualquer forma, não é da conta de Red.

Elaine sorriu. — Tecnicamente, sendo o chefe de polícia, é *problema* dele sim. Mas não se preocupe, não direi nada. — Ela copiou as fotos na impressora e as entregou à Mirtes.

— Sabe, Elaine, aposto que Sloan Jones precisaria de um fotógrafo freelancer para o jornal. Talvez você possa ajudá-lo tirando algumas fotos.

— A senhora acha mesmo? — Elaine semicerrou os olhos, em dúvida. — São tão boas assim?

Infelizmente, não eram. Mas era uma cidade pequena. — Vai se aperfeiçoar como tempo, Elaine. E pense nisso: você sai muito com Jack, então é perfeita para ser correspondente fotográfica. Vou falar com Sloan. — Mirtes tinha uma coluna de dicas úteis no jornal local, que basicamente vivia de fofocas, palavras cruzadas, astrologia e anúncios de emprego.

— Não sei — disse Elaine, observando Jack, agora batendo os carros um no outro, no que provavelmente foi um pedido de ajuda antes de acabar tirando uma soneca. — Que tipo de fotos acha que Sloan precisa?

— Você conhece os tipos de histórias nas quais o *Bradley Bugle* se concentra. Um artigo sobre os tomates premiados da

Sra. Flotman. A nova loja de cachorros-quentes que abriu no centro da cidade. Uma cerimônia de escoteiros. O jogo de futebol da Bradley High School. Espécies de aves migratórias em seu comedouro. O novo bebê de fulano e por aí vai. Você será perfeita. E talvez acabe tirando mais algumas fotos relacionadas a este caso.

Elaine riu. — Entendi. Então a senhora está querendo analisar essas fotos.

— Quem sabe eu possa até lhe dar algumas dicas. Não que eu saiba muito sobre fotografia, mas talvez eu possa pensar em alguns lugares onde você possa ir para tirar fotos diferentes. Como o funeral do primo Charles, por exemplo — disse Mirtes, dando de ombros.

— Mirtes! Não posso sair por aí tirando fotos em um funeral privado. Sloan não publica esse tipo de coisa no jornal. Seria uma invasão de privacidade. E falta de respeito aos familiares enlutados.

— Não estou dizendo que alguém precise vê-la, Elaine. Talvez você possa simplesmente usar a lente zoom e tirar algumas fotos de dentro do seu carro. Podemos pensar nisso mais tarde. Poderia ser um bom treino para fotos de longa distância.

— Talvez. Quando é o funeral?

— Não sei ainda. Acredito que terão que fazer uma autópsia no corpo antes de entregá-lo à família. Acho que será dentro de alguns dias. — Ela fez uma pausa. — Vou oferecer a recepção para a família depois do funeral.

Elaine arregalou os olhos. — Vai? Na sua casa?

— Achei que seria uma boa ideia. Quem sabe, talvez o assassino de Charles esteja presente e eu possa conseguir algumas pistas.

— Está planejando servir comida? — A voz de Elaine parecia tensa.

Mirtes soltou um suspiro de frustração. — Por que todos ficam me perguntando isso? Claro que servirei comida. É um funeral sulista. As pessoas estarão esperando enroladinhos de presunto, sanduíches de pepino, queijo apimentado e frango frito. Vão querer se sentir *confortados*, pelo amor de Deus.

Elaine assentiu, desviando o olhar. — Está bem, me avise quando marcarem uma data e horário e estarei lá. Posso levar comida também, para ajudá-la.

— Obrigada. — Mirtes se apoiou na bengala para levantar. — Preciso ir. Se vou oferecer a recepção, preciso ligar para Dusty e Puddin e convencê-los a voltar. Conhecendo aqueles dois, é provável que pensem que já terminaram o trabalho da semana. — Ela espiou pela janela da frente.

— A barra está limpa?

— Nenhum sinal de Erma Sherman, embora isso não signifique que ela não esteja espionando sua casa, esperando eu sair. Mulher intrometida — disse Mirtes, irritada.

Se Elaine pensava que era o roto falando do esfarrapado, sabiamente não demonstrou.

Capítulo Quatro

Infelizmente, Erma *estava* espionando. Devia estar com aquele nariz comprido pressionado contra a janela, esperando-a sair. A bengala de Mirtes estava apenas a meio caminho da porta de Elaine quando Erma saiu de casa. Mirtes gemeu.

Durante anos, Mirtes inventou uma série de desculpas educadas para seguir seu caminho em vez de conversar com a vizinha. Costumava dizer que tinha uma panela fervendo ou que esperava um telefonema importante. Erma era uma daquelas raras pessoas que ignorava por completo desculpas educadas e continuava a fazer um monólogo sobre o sonho confuso que teve na noite anterior ou sobre a erupção cutânea da qual não conseguia se livrar. Erma era do tipo que não se importava em ser inconveniente.

— Mirtes! — disse Erma, agarrando o braço de Mirtes e puxando-a para sua casa. — Venha comigo e sente-se um pouco. Deve estar em estado de choque após encontrar um corpo no jardim. Fiquei em choque uma vez. O corpo reage de modo engraçado. Você não consegue respirar, o peito dói. Ficamos entorpecidas...

— Esses não são sintomas de ataque cardíaco? — perguntou Mirtes, irritada. — Se estiver com algum desses sintomas agora, deveria ir ao pronto-socorro.

— Não, isso foi há muito tempo. Quando ganhei o sorteio. Não era um prêmio *grande*, mas era muito dinheiro. Muito mesmo! E fiquei em choque, pelo menos foi o que o médico disse.

Mirtes puxou o braço. — Não posso conversar agora, Erma. Preciso dar alguns telefonemas. Para Puddin e Dusty, por exemplo.

— Aqueles dois! Não sei por que os tolera. — Erma olhou horrorizada para o jardim de Mirtes, que estava horrível com a grama cortada pela metade e as ervas daninhas ao redor dos gnomos. — Se meu jardim estivesse assim, eu demitiria meu jardineiro na mesma hora. E Puddin... — De repente Erma ficou calada.

— Bem, se eu me livrasse deles não seria capaz de encontrar mais ninguém, não é? Você sabe como é Bradley. O outro jardineiro da cidade está tão ocupado que só consegue cortar a grama dos clientes a cada duas semanas. O mesmo acontece com as faxineiras: as melhores estão indisponíveis. Puddin é um horror, mas pelo menos está disponível para trabalhar.

— Não importa. O que eu realmente queria te dizer, Mirtes, é que sei quem está por trás disso! Ontem à noite, acordei por volta das 22h ou 23h e continuei ouvindo e vendo coisas. Aquela sua gata horrível estava fazendo tanto barulho que liguei o ventilador para abafar o som e conseguir dormir. Agora que sei sobre o assassinato, tudo está claro. — Erma sorriu de forma misteriosa e presunçosa.

— Quem é o assassino então? Quem fez isso?

Erma se aproximou o suficiente para Mirtes sentir o cheiro de cebola em seu hálito e sussurrou: — Foi Miles. Tenho certeza. Miles matou o homem no seu jardim. Você deveria tomar cuidado. Ele é um homem muito perigoso. E mora perto. A vítima era parente dele e supostamente queria seu dinheiro. E Pasha o odeia. Sim, foi Miles. Ele é o assassino.

Mirtes bufou. — Vou levar isso em consideração, Erma — disse, e se afastou o mais rápido que pôde, batendo a bengala.

— É verdade. Tenho pistas! Vou falar com Red!

— Faça isso! — gritou Mirtes, enquanto se afastava apressada. Que loucura. Estava sempre cercada por doidos.

Mirtes fechou a porta atrás de si e a trancou. *Não* porque Red tivesse recomendado, mas porque estava com medo de que a maluca da Erma Sherman entrasse correndo para lhe contar todas as pistas e teorias a respeito de Miles ser um assassino. Miles. Por outro lado, se Erma contasse para um número suficiente de pessoas que sabia quem era o assassino e que tinha pistas, *ela mesma* poderia acabar morta no jardim.

Em seguida, Mirtes foi até a pequena mesa e pegou um caderno e um lápis. Teria que conversar com os suspeitos e precisava descobrir quem *poderiam* ser esses suspeitos, refletiu, batendo o lápis no caderno. Lee Woosley, por exemplo... O homem que estava brigando com Charles em um jogo de pôquer. Lee poderia tê-lo matado em um acesso de raiva? Se fosse o caso, por que o teria seguido até sua casa para assassiná-lo?

E havia Hugh Bass, o dentista. A foto que Elaine tirou de Charles e Hugh juntos era muito interessante. O Dr. Bass não era um homem sombrio, mas parecia sério na foto. A expressão de Charles também era reveladora, muito astuta. E também havia um toque de alegria profana em suas feições.

Precisava falar com aqueles dois. E como nenhum deles parecia propenso a comparecer ao funeral para prestar homenagens, Mirtes estendeu a mão para pegar o telefone.

— Alô? Pam, gostaria de marcar uma consulta. Para uma limpeza, se for possível. Tenho certeza de que estou precisando. O quê? Tão longe assim? Amanhã de manhã está ótimo, se puder me encaixar. É com o Dr. Bass, certo? Não quero me consultar com ninguém a não ser ele. Não tem nenhum outro dentista no consultório, certo? Obrigada. — Pelo menos poderia ter a chance de falar à sós com o Dr. Bass. Se conseguisse se livrar do técnico de higiene dental, é claro.

Lee Woosley. Bem, ela não estava preparada para começar a jogar pôquer para socializar com Lee. O que o homem fazia para viver? Mirtes bateu o lápis no papel enquanto pensava. Ele não fazia algum tipo de reparo? É isso mesmo! Era um faz-tudo. Ela olhou ao redor da sala de estar. Tinha que haver algo que precisava ser consertado por ali. O problema era que Red estava sempre se intrometendo e aparecendo para consertar as coisas. Mas isso significava que ele sabia o que ainda precisava ser feito.

Mirtes hesitou por um momento e pegou o telefone novamente.

Red atendeu, parecendo apressado. Havia vozes ao fundo que tinham um tom oficial. — Mamãe? O que aconteceu? Estou com a polícia estadual aqui, conversando sobre o caso.

— No seu escritório minúsculo? Não deveriam se reunir em algum lugar maior?

— Não é exatamente uma conversa para se ter na sorveteria, mamãe. Ou no Bo's Diner. O que aconteceu?

— Você sabe que tipo de reparos preciso fazer aqui em casa? Coisas relacionadas a manutenção?

— Por que a senhora precisa saber disso agora? Faz tempo que venho pedindo que cuide dessas coisas ou que me faça uma lista para que eu possa ajudá-la. Há algum problema na casa? — Mirtes percebeu pela voz que ele estava ficando nervoso. Red sempre achou que a casa era uma espécie de armadilha mortal. Por ele, Mirtes estaria na casa de repouso Pastos Verdejantes há pelo menos duas décadas.

— Não, não há problema nenhum. Só estou tentando ser proativa.

Agora Red parecia desconfiado. — Proativa? Sobre reparos na casa? Com *quem* estou falando ao telefone? É Mirtes Clover mesmo?

— Não seja tão debochado, Red. Agora pense. Que reparos são necessários em minha casa que você se lembre?

— O toalheiro do banheiro do corredor. Está quase caindo da parede.

— Muito bem — disse Mirtes, anotando no bloco.

— E sua banheira precisa ser calafetada.

— Algo mais?

— O triturador de lixo não funciona. Acho que precisa ser trocado.

— Hum.

— A luz do seu guarda-roupa está com algum tipo de curto-circuito ou algo que precisa ser verificado. Não quero que a senhora tropece dentro do armário no escuro.

— Tudo bem — disse Mirtes, com a voz tensa, começando a ficar irritada.

— O suporte de plantas despencou da parede dos fundos e precisa ser colocado de volta no lugar.

— Acho que isso já é o suficiente.

— Uma barra de apoio na banheira seria muito útil, mamãe. E eu realmente não sei por onde começar com o deque. Um dia aquilo vai se soltar das amarras e começar a flutuar no lago com o barco ainda atrelado.

Mirtes se irritou, batendo o lápis no papel.

— O porta papel higiênico do banheiro do corredor também está soltando da parede. Ah, e um aparador poderia ser colocado na porta dos fundos. A porta continua batendo no balcão da cozinha sempre que se abre demais.

— Chega! — Aquilo lhe custaria uma fortuna. — Boa sorte com o caso — disse e desligou. Pelo amor de Deus.

Mirtes ligou o computador, digitou o nome de Lee Woosley na página de empresas locais e anotou o número do telefone.

— Lee? — disse, alguns minutos depois. — Aqui é Mirtes Clover.

— Sra. Clover? — Lee parecia estar cochilando e o nome de Mirtes foi suficiente para despertá-lo. — Uau, não falo com a senhora desde os tempos da escola, há cerca de trinta anos.

— É verdade. Espero que você esteja bem. — Mirtes era professora de literatura aposentada e estava acostumada com ex-alunos ficando surpresos em sua presença. — Gostaria da sua ajuda com alguns projetos em minha casa.

— Ah, entendi. A senhora precisa fazer alguns reparos domésticos. — Lee parecia aliviado.

— Isso mesmo.

— Eu meio que tive um flashback por um momento. Pensei que a senhora ia me pedir para dar aulas de reforço ou algo assim. E deve se lembrar que eu não era tão bom assim na sua matéria.

E *existia* alguma matéria em que ele era bom? Mirtes duvidava.

— Quer que eu vá até a sua casa amanhã?

Mirtes estava prestes a concordar, mas lembrou que tinha acabado de marcar a consulta odontológica para o dia seguinte. Já que não ia ao dentista há algum tempo, quem sabe quanto tempo poderia demorar? — Talvez seja melhor depois de amanhã, Lee.

— Que tipo de reparos precisa fazer, Sra. Clover?

Mirtes olhou para a lista que havia feito durante a conversa com Red. Não havia nenhuma maneira de convencê-lo a fazer todas aquelas coisas quando na verdade, só queria falar com ele sobre Charles. — Nada demais. Um toalheiro e um porta papel higiênico que estão se soltando da parede e uma banheira que precisa ser calafetada. Ah, e um suporte de plantas que gostaria de pendurar na lateral da casa. Despencou e não consigo prendê-lo de volta.

Combinaram um horário para Lee avaliar o serviço e Mirtes desligou, se sentindo satisfeita. As coisas estavam indo muito bem. Nesse ritmo, saberia quem era o assassino antes mesmo de Red começar a interrogar os suspeitos.

Depois de toda a agitação entre encontrar o corpo e toda a atividade que se seguiu, Mirtes decidiu por os pés para cima e descansar um pouco. Na maioria das vezes, não sentia o peso de seus oitenta e poucos anos, mas *quando* isso acontecia eram sempre os pés que a denunciavam.

A insônia da noite anterior teve mais impacto do que imaginou e ela adormeceu poucos minutos depois de começar a gravar *Tomorrow's Promisse*, sua novela favorita. Mais tarde, isso a deixaria irritada porque não saberia exatamente onde havia parado e precisaria encontrar a cena onde havia pegado no sono.

A campainha normalmente a fazia despertar, mas desta vez o som não a acordou porque ela pensou que devia estar vindo da televisão. Percebeu que na verdade era a campainha de sua própria casa quando a pessoa começou a bater na porta. — Estou indo! — respondeu em voz alta, se abaixando para pegar a bengala que desenvolveu vontade própria e rolou para debaixo da mesa de centro. — Espere um minuto! Estou indo!

Quando finalmente chegou à porta, espiou para ter certeza de que não havia um assassino maníaco à espreita. Era apenas Sloan Jones, o editor do jornal local e seu ex-aluno. Ele costumava ficar um pouco intimidado pela ex-professora, mas ultimamente parecia mais confortável na presença dela.

— Ah. Acordei a senhora? Desculpe.

A irritação no último minuto de luta com a bengala deve ter transparecido no rosto de Mirtes.

— Não tem problema — respondeu, fazendo sinal para que ele entrasse e fechou a porta. — Adormecer não estava nos meus planos. Tenho coisas a fazer.

Mirtes se sentou no sofá, mas Sloan passou direto pela sala e pela cozinha para espiar pela janela dos fundos. E estava com a câmera. — Sra. Mirtes — disse, apertando os olhos e mirando um ângulo pelo visor. — Tudo bem se eu tirar algumas fotos de dentro da sua cozinha e do lado de fora da porta dos fundos? Da cena trágica...

— Para publicar? Isso não é mórbido demais para o *Bradley Bugle*? Estamos falando do tipo de jornal que informa a quantidade de biscoitos vendidos pelos escoteiros como uma grande notícia.

Sloan se virou e disse: — Não, não vou publicar a foto. É sinistro demais para o jornal. Mas quero ser capaz de descrever a cena do meu artigo com precisão. Ajuda se eu olhar uma foto enquanto escrevo. — Ele voltou a mirar pelo visor e tirou mais algumas fotos.

— *Seu artigo*? — Mirtes franziu a testa. —Não! Esta história é minha.

Sloan se virou novamente. — Red me disse que a senhora não escreveria mais histórias de crimes. Está preocupado que a senhora possa se machucar. A senhora deveria apenas escrever a coluna de dicas úteis e talvez assumir algumas outras matéria quando alguém sair de férias.

— Que absurdo! Red não deve se envolver nos meus assuntos. De forma alguma. Você é o editor do jornal, Sloan. Na verdade, você é quem publica o jornal. A palavra final é sua. Você sabe que faço um excelente trabalho com todas as histórias que escrevo, especialmente sobre crimes.

Sloan parecia desconfortável. — O problema, Sra. Mirtes, é que preciso manter uma boa relação de trabalho com Red, sendo ele o chefe de polícia e tudo mais. Às vezes ele me passa algumas informações para histórias, sabe como é...

Mirtes sabia. E não gostava daquilo.

— Entendo. Mas tenho informações privilegiadas e não vou revelá-las, a menos que me conte essa história. Afinal, o corpo estava no meu jardim e assisti às investigações na primeira fila. Também tenho uma fonte com algumas fotos da vítima nos dias anteriores à sua morte. — Nunca se deixe abater. Se você deseja algo, precisa ser persistente.

Sloan esfregou a cabeça calva, pensativo. — Está bem. Acho que faz sentido a senhora cobrir essa matéria. Eu poderia publicar um pequeno artigo no blog, para relatar o crime até publicarmos a edição impressa. No entanto, não precisa investigar o assassinato. Tudo o que preciso é que a senhora escreva à medida que a investigação se desenrole. Não preciso que solucione o mistério — Ele seguiu Mirtes de volta à sala e os dois se sentaram no sofá.

— Está bem. Eu nem sonharia em fazer uma coisa dessas! — concordou Mirtes e Sloan pareceu imensamente aliviado. Era interessante como um jornalista podia ser crédulo.

— Abordarei o assunto do ponto de vista do interesse humano. Vou conversar com algumas pessoas que conheceram a vítima e observar como reagiram à morte. Um assassinato é algo tão raro aqui nessa cidade que todos devem estar em estado de choque e gostariam de ter com quem conversar sobre o assunto.

— Na verdade, a taxa de homicídios em nosso vilarejo é surpreendentemente alta, Sra. Mirtes. Não consigo entender isso. — Sloan balançou a cabeça e a olhou mais de perto. — Uma fonte? A senhora disse que tinha uma fonte com fotos da vítima antes do assassinato?

— Isso mesmo. Ah, não sei se precisamos publicar essas fotos ou algo a respeito, mas é bom tê-las disponíveis. Por acaso você sabia alguma coisa a respeito da vítima? Não creio que ele estivesse na cidade há muito tempo. Gostaria de falar com qualquer pessoa que possa ter uma ligação com ele. Somente por causa do artigo. — Mirtes se apressou em esclarecer, já que Sloan parecia desconfiado outra vez. Ele não precisava saber que ela iria investigar.

— Na verdade, eu vi o cara pela cidade. Não que eu soubesse quem ele era na época, mas a senhora sabe como as pessoas novas se destacam. Embora ele tenha crescido aqui, acho que não estava na cidade há pouco tempo.

Sloan gostava de ir à taverna local depois do trabalho e era provável que já havia encontrado Charles mais vezes do que a maioria das pessoas.

— Teve chance de conversar com ele? Como ele era?

— Era um pé no saco — respondeu Sloan, com a voz pesarosa. — Estava sempre discutindo sobre jogo ou agindo de modo inconveniente, bêbado demais. Sem mencionar o caso com Annette Dawson. — Ele ergueu as sobrancelhas.

— Um caso? Achei que ele tinha acabado de chegar à cidade. O homem agia rápido.

— Não acredito que ele tinha acabado de se mudar. Acho que já estava aqui há algumas semanas.

— O que na minha opinião é recente — disse Mirtes, que morava em Bradley há mais de oitenta anos.

— Eu o vi uma noite quando estava na taverna. Annette Dawson estava sentada bem perto dele no bar e ria de cada coisinha que ele dizia. Ela ainda estava usando o uniforme do plantão do hospital do condado, então acho que foi por isso que foi embora tão tarde.

— Mas Annette Dawson é casada. Ela e Silas Dawson são casados há muito tempo, não?

— Há bastante tempo. Cerca de vinte anos, eu diria. Ela também é muito mais velha que Charles, mas ainda é muito bonita. — Sloan parecia melancólico. Sua vida amorosa consistiu em poucos namoros malsucedidos e um longo período em que morou com a mãe antes de o jornal começar a apresentar um lucro modesto.

Mirtes estava pensativa. — Silas não me parece o tipo de homem que permitiria que a esposa tivesse um caso com outro homem.

— Ele é um cara durão — disse Sloan, assustado. — É musculoso e bem forte. E não ficou feliz em encontrar a esposa com outro homem.

— Então ele *sabia*?

— Claro que sim. Afinal, estamos em Bradley. Ele descobriu poucos dias depois. Eu estava na taverna quando ele entrou para levar Annette para casa. Pegou Charles de surpresa e lhe deu um soco no estômago. — Sloan colocou uma mão protetora sobre a barriga proeminente. — Charles não conseguia nem falar. Silas gritou e lhe disse que ficasse longe de sua esposa enquanto ele tentava recuperar o fôlego.

— Agora me pergunto se Silas poderia ter matado Charles. Ele deve ter ficado furioso por ter sido enganado.

— As pessoas estão comentando — disse Sloan.

— Acha que Red sabe disso?

— Não deram queixa na polícia, então Red não descobriu dessa forma. Não foi exatamente uma briga, já que foi apenas um único golpe. Além disso, Bill, o barman, sentiu pena de Silas e pensou que Charles recebeu o que merecia. Então ele não ligou para avisar Red. No entanto, ele pode ter ouvido algumas fofocas. — Sloan lançou a Mirtes um olhar de reprovação. — Estou lhe dando todos esses detalhes interessantes e a senhora não está me contando nada sobre o que aconteceu aqui esta manhã.

E Mirtes não ia revelar muita coisa, isso era certo. Afinal, a história era dela. — Bem, Dusty e Puddin estavam aqui, cuidando do jardim e arrumando a casa.

— Estavam? — Sloan olhou em dúvida para a mesinha empoeirada ao lado do sofá.

— Mas não terminaram o trabalho por causa do corpo. — Mirtes suspirou. — E por sinal tenho que ligar e pedir que voltem para terminar o serviço. Vou dar uma recepção para a família depois do funeral.

— É mesmo? — Sloan pareceu surpreso. — Vai servir comida?

Mirtes fez uma careta. — O que há de errado com as pessoas? Sim, é claro que servirei comida! Juro por Deus, precisamos de mais mortes em Bradley. Há uma grave falta de educação no que diz respeito ao protocolo funerário aqui nessa cidade.

— Desculpe. — Sloan cobriu a boca e Mirtes suspeitou que ele pudesse estar sorrindo por algum motivo e tentando disfarçar. — Por favor, continue. A senhora estava dizendo que Puddin e Dusty estavam aqui.

— Sim. Dusty encontrou o corpo e foi chamar Red. Puddin começou a gritar e Miles apareceu e identificou a vítima como sendo seu primo.

— Pensei ter ouvido falar que o homem foi morto por um de seus gnomos — disse Sloan, novamente com alguma emoção não identificada fazendo seus lábios adquirirem uma forma estranha.

— Isso mesmo. Ele foi atingido na cabeça pelo meu gnomo viking. Foi muito constrangedor — disse Mirtes, ainda furiosa com a ideia do seu gnomo favorito ser usado como arma... e quebrado. — A polícia o levou como evidência.

Mirtes jurou que Sloan estava tentando reprimir uma risada.

— Deve ter sido muito traumático para a senhora — disse ele, com a voz abafada.

— Hum. De certa forma, sim. — Depois de um momento, ela disse: — A propósito, gostaria de avisar que minha nora agora está fotografando. E tem algumas fotos muito *interessantes* que tirou pela cidade. Elaine e eu pensamos que você poderia precisar de algumas fotos e talvez ela possa ajudá-lo. Só para deixá-lo ciente.

— Se ela quiser atuar como fotógrafa freelancer, tenho interesse em comprar algumas fotos de vez em quando. Mas não posso contratar mais ninguém para a equipe. Pode ser uma boa ideia se ela quiser enviar fotos para o blog. Dessa forma, se ela tiver uma boa foto do centro de Bradley com crianças vendendo limonada na esquina, poderá colocá-la no blog e isso me dará visualização. As pessoas sempre comentam algo como: 'Bradley é a melhor cidade do mundo! Sinto como se estivesse de volta à década de 1950!' Essas coisas.

— Vou avisá-la, então. — Se Sloan conhecesse o tipo de fotógrafo com quem estava lidando, ele gostaria de ver as fotos antes de serem publicadas no blog. É bem provável que acabe recebendo muitas fotos do dedo de Elaine ou fotos borradas de objetos não identificáveis.

Capítulo Cinco

Mirtes sabia que seria uma daquelas noites em que não conseguiria dormir. Assim que se deitou, sua mente ficou enumerando as coisas que precisava fazer para se preparar para a pequena recepção após o funeral. Ficou repetindo para si mesma que devia relaxar, respirar fundo, alongar os músculos, sentir como se estivesse prestes a adormecer... e logo algum outro detalhe surgia em seus pensamentos e bagunçava tudo de novo.

Quando por fim adormeceu, seus sonhos foram estranhos, do tipo que não sabia se estava acordada ou dormindo. Continuou olhando para o relógio, convencida de que devia estar quase amanhecendo, mas em vez disso viu que faltavam apenas quinze ou vinte minutos desde a última vez que havia verificado. Finalmente, soltou um grito frustrado, se livrou dos lençóis emaranhados e levantou da cama.

Eram 2h da manhã. Aquele era o seu horário habitual para estar acordada e não era como se estivesse despreparada para isso. Normalmente cuidava da casa: lavava roupa, guardava a louça da máquina de lavar, lia alguns capítulos de um livro. Às vezes dava um passeio pela rua. Os vizinhos estavam acostumados a ver uma pessoa alta, de cabelos brancos e de roupão de banho, andando pela calçada no meio da noite. Infelizmente, Red nunca perdia a oportunidade de lembrá-la de que a casa de repouso Pastos Verdejantes era um lugar excelente e seguro para octogenários errantes.

Pensar em Red fez Mirtes se acomodar na poltrona e ligar a TV para assistir ao resto da novela *Tomorrow's Promisse,* pois havia adormecido mais cedo. Cinco minutos depois, ficou irritada. Melaina estava no hospital *de novo*? Aquela mulher esteve no hospital nos últimos meses com todas as doenças conhecidas pelo homem: câncer, reabilitação, acidente de carro, ferimento à bala. Os roteiristas não podiam inventar algo novo?

Mirtes desligou a TV, voltando a se sentir inquieta. O sono não iria viria tão cedo, então podia muito bem esticar as pernas. Red devia estar dormindo profundamente depois de toda a emoção do assassinato. O pensamento a animou. Talvez Miles estivesse acordado, pois também costumava ter insônia. Ela vestiu o roupão, colocou um pacote de biscoitos dentro de uma sacola plástica, pendurou no braço, pegou a bengala e saiu. E até se lembrou de trancar a porta.

Caminhou pela calçada e olhou para a casa de Miles. Havia luzes acesas, mas não pareciam luzes noturnas. Decidiu tocar a campainha.

Miles atendeu a porta. — Achei que viesse, então liguei a cafeteria à 1h30.

Mirtes sorriu, encantada por ter alguém com quem conversar no meio da madrugada. — Estou atrasada, então! Vamos começar. Trouxe alguns biscoitos de gengibre.

Miles retribuiu o sorriso e minutos depois, estavam comendo biscoitos e bebendo café com leite.

— Você não colocou o despertador para tocar ou algo assim, colocou? Porque pensou que eu pudesse vir — disse Mirtes, pensativa.

— Nada isso. Apenas imaginei que você poderia ter insônia esta noite. Sei que sua mente começa a ficar muito ativa quando tem um novo caso para refletir.

Mirtes deu um suspiro de satisfação. — Gosto do seu ponto de vista, Miles. Um caso. Isso é o que eu tenho. Um novo quebra-cabeça para solucionar.

— Embora seja mais perigoso do que qualquer uma das suas palavras cruzadas. Não ficou com medo de andar até aqui no escuro? Afinal, aconteceu um assassinato no seu jardim ontem à noite.

Mirtes deu ombros. — Não teve nada a ver comigo, certo? Parece que tinha mais a ver com você. Só estou tentando chegar ao fundo da questão, só isso. Por que alguém iria querer me matar?

Miles sabiamente mordeu a língua e Mirtes o olhou com desconfiança.

— Então, em que está pensando? O que a manteve acordada esta noite? — Miles se apressou em perguntar.

— Ah, estava pensando em tudo. E também estava planejando a recepção.

Miles olhou fixamente para ela.

— Pelo amor de Deus, Miles! Já esqueceu, não é? A recepção familiar que estou oferecendo para você e seus entes queridos! Na minha casa! Depois do funeral!

— Meus entes queridos? — Miles riu. — Para ser sincero, eu não os chamaria assim. Mas vamos esquecer esses detalhes. Sim, estou lembrado. Obrigado.

— Os membros da sua família já ligaram para obter informações a respeito dos planos para o funeral?

— Não. Realmente não sei quem já foi informado ou quem se preocupa com a morte do primo Charles. Afinal, ele era uma ovelha negra. É improvável que sou o único que não está interessado no assunto.

— E sua tia? Imagino que conversou com ela.

Miles suspirou. — Sim. Está perturbada de uma forma meio melodramática e possivelmente não muito genuína. Ela disse que a polícia falou que ela poderia fazer o funeral dentro de quatro dias. Então, se você está determinada a receber pessoas em sua casa, acho que pode começar a planejar a recepção. Embora eu ainda esteja perplexo e tentando imaginar porque você iria querer fazer isso

— Estou tentando procurar reações suspeitas.

Miles ergueu as sobrancelhas. — Você sabe quem são os suspeitos?

— Ainda não. Essa é outra razão pela qual quero receber essas pessoas. Isso me dará a chance de observar todos, ouvi-los e descobrir a ligação de cada um com seu primo. Talvez até me dê a oportunidade de saber qual deles poderia querer matá-lo — explicou Mirtes, franzindo a testa pensativa. — Embora pareça que sua família não esteja cooperando. Portanto, farei um convite aberto a todos que quiserem comparecerem ao funeral.

— Tem certeza que deseja fazer isso? E se um monte de gente acabar aparecendo na sua casa? Sua casa não tem muito espaço.

— Então poderão simplesmente se espalhar pelo jardim — disse Mirtes, dando de ombros. — Não estou preocupada. Não é como se fossem pernoitar ou algo do tipo. Posso lidar com qualquer coisa por algumas horas. Falando em jardim, estava pensando em colocar uma espécie de memorial improvisado. — Miles semicerrou os olhos, confuso e Mirtes explicou irritada: — Para marcar o local onde Charles encontrou o Criador. — Miles continuou olhando para ela. — As pessoas fazem essas coisas! Vejo isso o tempo todo.

— Como o quê? Tipo um monte de ursinhos de pelúcia cor-de-rosa e azul com balões e flores? Isso não parece ser o estilo do primo Charles.

— Ah. Está bem. Talvez apenas um vaso simples com rosas? Miles balançou a cabeça.

— Uma cruz branca? Bem discreta.

Miles semicerrou os olhos. — Não consigo ver o primo Charles como um homem devoto.

— Uma pequena bandeira americana?

— Ele não era um veterano. Os militares eram inteligentes demais para alistar Charles.

— Pelo amor de Deus! Então que tal um copo e uma garrafa de uísque? — perguntou Mirtes, desesperada.

— Hmm — murmurou Miles, como se estivesse considerando seriamente a sugestão. — Tipo a garrafa de conhaque que o visitante misterioso deixaria no túmulo de Poe? — Quando viu Mirtes franzindo a testa, completou: — Entendi o que você quer dizer, mas não consigo pensar em uma maneira de fazer algo assim sem que pareça super exagerado. Além disso, qualquer memorial será difícil de ser visto com a grama tão alta. Por que quer fazer isso?

— Pensei que poderia pegar alguém olhando para o pequeno memorial. Lamentando o que fizeram, lamentando o estado de violência do mundo que os influenciou a cometer um ato tão horrível. Esse tipo de coisa.

— Não é mais provável que olhem de uma outra forma? — perguntou Miles, partindo um biscoito de gengibre. — Admirando seu trabalho? Orgulhoso de sua realização?

— É uma maneira bastante cínica de ver as coisas — disse Mirtes, irritada por não ter ampliado sua imaginação sobre o ponto de visa de um assassino e o que poderiam sentir.

— Lembre-se que estamos lidando com o primo Charles. Ele não foi o melhor exemplo de ser humano que já existiu no planeta, independentemente do que minha tia possa pensar. Na verdade, um assassino pode até se sentir muito nobre por livrar o mundo de Charles. Quem sabe?

— Quem, de fato? Então, acho que vou planejar algo pequeno e de bom gosto para marcar o local — disse, embora ainda não tivesse ideia do que seria.

— Acredito que Sloan deva publicar um obituário amanhã listando alguns dos preparativos para o funeral. Devo pedir que ele acrescente uma pequena frase sobre a recepção?

— Por que não? Quando será publicado? Amanhã de manhã ou depois de amanhã? Considerando que agora são 2h da manhã, você não está dizendo que será esta manhã, certo? Não acho que deveríamos tirar o pobre Sloan da cama para acrescentar a recepção no obituário.

— Não é *amanhã* de manhã. Será publicado em vinte e quatro horas. Sloan terá tempo de sobra para modificar a publicação. Ligarei para avisá-lo.

— A propósito, Sloan me encarregou da história. O assassinato. Ele disse que eu poderia escrever para o jornal. — Mirtes estava preocupada com a reação de Miles a esta notícia. Às vezes ele começava a agir com muita frieza e ela não entendia o por quê. Esperava que este não fosse um desses momentos.

Miles assentiu e não pareceu mudar de humor, o que foi um alívio. — Achei que você poderia entender bem essa história, considerando que aconteceu literalmente no seu jardim. — Ele fez uma pausa. — Isso não significa que vai me incomodar pedindo citações, não é? — A frieza agora estava começando a dar sinais.

— Talvez apenas uma citação muito geral. Nada muito pessoal. Uma declaração de quem ele era e que vocês eram parentes.

Miles considerou por um momento. — Não. Não quero a minha ligação com Charles exposta no jornal. Já basta eu ter que comparecer ao funeral e precisar lidar com a minha tia, além de falar com a polícia. Se eu puder evitar que mais pessoas saibam que éramos parentes, melhor ainda.

Mirtes apenas piscou. — Bem, isso é decepcionante, Miles! — Ela bebeu um gole de leite enquanto pensava nas implicações dessa complicação inesperada. — Embora eu suponha que isso não fará muita diferença na história, já que sua citação seria bem pequena. — Ela franziu a testa. — Mas você ainda vai me ajudar na investigação, não é? Ainda será meu parceiro?

Miles sorriu. — Então você admite que sou *um* parceiro? No passado, você sempre minimizou meu papel em seus casos. Desprezou minhas contribuições.

— Eu não fiz isso! É óbvio que você é um parceiro. Pelo amor de Deus. Você tem carro e tudo mais! E ainda dirige.

— Ah, *agora* entendi porque sou necessário. Sou motorizado e tenho carteira de motorista.

— Não seja bobo. Eu também tenho carteira de motorista. Mas não tenho mais carro. E você contribui com mais do que apenas transporte. Eu também gosto de trocar ideias. — Mirtes ainda estava esperando ouvir o que ele tinha a dizer sobre se envolver na investigação.

— Tenho a sensação de que, mesmo que eu diga que não quero me envolver, o que estou extremamente tentado a fazer, de alguma forma serei arrastado para esse caso contra a minha vontade. E já que ser arrastado para as coisas geralmente me irrita, vou em frente e me envolverei. — Mirtes bateu palmas e Miles se apressou em dizer: — Mas *não* estou me envolvendo como parente desta pessoa. Quero tratar esse assunto como um caso comum em que trabalhamos do lado da justiça para subverter o mal em Bradley. — Mirtes o olhou atentamente para ver se ele estava brincando. Não era típico de Miles falar em termos tão grandiosos.

— Que tal resolver o caso para limpar seu nome? — sugeriu Mirtes. — Considerando que você é suspeito no caso. — Miles lançou um olhar furioso e ela disse: — Tudo bem! Tudo bem! Presumo que você seja inocente.

— Obrigado. — Mirtes pensou ter detectado um toque de sarcasmo na voz de Miles.

— Então — disse Miles, após comerem biscoitos em silêncio por alguns minutos. — Já que sou seu parceiro, por que não compartilha um pouco da sua investigação comigo? Quem está considerando como suspeito?

— Em primeiro lugar, acrescentei Lee Woosley na minha lista de suspeitos.

— Faz sentido. O homem que estava brigando com Charles no jogo de pôquer. Ainda bem que Red mencionou que havia apartado a briga, caso contrário não teríamos um nome na lista.

— Na verdade, nem preciso mais do Red. Agora tenho Elaine.

— Elaine? Mirtes, você não vai colocar Elaine no meio disso tudo, vai? E fazê-la ficar entre você e Red? Isso vai causar confusão!

— Não, não é nada disso. Elaine tem um novo hobby.

Miles arregalou os olhos por trás dos óculos de aro de aço. Ele acompanhou Mirtes durante os outros hobbies de Elaine. Nenhum deles terminou bem e geralmente implicava que sua casa fosse o repositório de várias peças de cerâmica ou outras obras de arte malformadas.

— Não se preocupe. Não é tão ruim como costuma ser. Desta vez é fotografia.

— É difícil arruinar fotos — disse Miles, parecendo aliviado.

— Não subestime Elaine. Acho que temos algumas imagens borradas. E muitas fotos com vários dedos. Sem falar nas outras que deveriam estar com o flash ligado.

Miles gemeu.

— Mas preciso admitir que ela tem um talento especial para estar no lugar certo na hora certa. Ela tirou uma foto da briga que Red apartou. Estavam juntos no momento em que ele recebeu a ligação e resolveu praticar fazendo algumas fotos aleatórias. E também tirou uma foto incrível de Hugh Bass tendo uma conversa muito séria com seu primo.

— Hugh Bass? Não é um dentista aqui da cidade?

— Ele é o dentista *de todo mundo*. Bradley é uma cidade muito pequena.

— Como ele poderia ter conhecido Charles? — Miles franziu a testa. — Isso muito estranho. Não deixaria ele colocar as mãos nos meus dentes.

Os dentes de Miles eram uma fonte de orgulho para ele. Mirtes supôs que qualquer pessoa que chegasse aos setenta anos com todos os dentes em perfeitas condições se sentiria da mesma forma.

— Não sei, mas vou descobrir. Vou ao dentista amanhã para fazer uma limpeza e estou disposta a fazer perguntas.

— E como pretende fazer isso? Sempre que vou ao dentista, não consigo dizer uma palavra porque as mãos de alguém estão sempre na minha boca.

— Ah, tenho meus métodos. As pessoas podem ser muito respeitosas quando se trata de senhoras idosas, frágeis e tagarelas. Depois lhe conto tudo o que descobrir. — Ela olhou para o relógio de parede. — Gostaria de estar com sono, mas não estou. Assistiu *Tomorrow's Promise* ontem à tarde?

Miles ainda estava um pouco chateado por estar apegado ao programa, mas queria falar sobre o assunto. — Só cheguei até a parte onde Melaina teve que ser internada no hospital outra vez.

Mirtes bateu palmas. — Eu também parei nessa parte!

— Então vamos assistir.

Capítulo Seis

Os moradores de Bradley ficaram muito satisfeitos com o retorno do Dr. Bass, lembrou Mirtes, enquanto caminhava a curta distância pela rua ladeada de árvores floridas até o consultório situado no centro da cidade no dia seguinte.

O dentista anterior havia sido o Dr. Bissell, que era tão idoso quanto Mirtes e estava determinado a não se aposentar. Ele cuidava das necessidades dentárias da cidade desde que Mirtes tinha vinte e poucos anos. Um dia, ele foi tirar sua soneca habitual na hora do almoço no consultório, que sempre fecha no período das 12h às 13h, e não acordou. Pam, a técnica de higiene dental, levou um choque tão grande que ficou de cama por quase um mês.

Considerando que Bradley era uma cidade que gostava de doces, um de seus conterrâneos havia retornado para assumir o pequeno consultório local. O Dr. Bass cresceu em Bradley e ficou feliz em voltar e até manteve Pam como higienista dental e a convenceu de que ela já havia se recuperado do choque. Nos últimos cinco anos, o Dr. Bass cuidou dos dentes dos habitantes de Bradley, com poucas reclamações. Mas às vezes havia uma longa fila de espera.

E esta foi uma daquelas manhãs que envolveu espera. Mirtes suspirou. Provavelmente foi porque conseguiram encaixá-la na agenda, mas ela já estava lá há vinte minutos sem nenhum sinal de que seria atendida. Ela olhou com tristeza ao redor da sala de espera. As mesmas cadeiras de vinil misturadas com cadeiras de madeira com encosto alto. Havia algumas plantas de aparência anêmica que pareciam precisar desesperadamente de água. Mirtes pegou uma revista. Era uma edição bem antiga sobre vida saudável. Ela fez uma careta e colocou-a de volta no lugar. As outras eram igualmente desinteressantes: uma sobre motos, uma sobre jardinagem, uma sobre trailers e outra sobre camping.

Mirtes nunca pensou que ficaria tão aliviada ao ser chamada para ser atendida. Mas antes, precisava passar por Pam, a higienista. Ela tinha esquecido que Pam era quem fazia a limpeza dental. Mirtes suspirou.

Pam estava muito animada. E tinha aquele hábito irritante de chamar todos com mais de sessenta anos de *querido* e outros nomes carinhosos. Mirtes não era a querida ou o animal de estimação de Pam. Não era a queridinha de ninguém, tampouco era fofa. E nunca tinha sido.

Aquilo durou algum tempo enquanto Mirtes cerrava os dentes que Pam tentava limpar.

Pam sorriu: — Querida, precisa relaxar só um pouquinho. É muito difícil limpar esses seus lindos dentes.

Mirtes franziu a testa. — Não fui sua professora? Há *muito* tempo? Talvez há trinta e cinco anos?

O sorriso brilhante de Pam vacilou e sua voz ficou mais tensa: — Sim, senhora. Acredito que sim.

Engraçado como *querida* se transformou em *senhora* em questão de segundos.

Dr. Bass parecia estar muito ocupado. Podia ouvi-lo em outra sala, atendendo outro paciente. Quando ele enfiou a cabeça na sala onde ela estava, Pam ainda não havia terminado a limpeza. Provavelmente isso se deveu aos dentes cerrados de Mirtes, que atrasou todo o processo.

O dentista veio cumprimentá-la. Ele parecia ter trinta e poucos anos e uma espessa cabeleira ruiva. — Olá, Sra. Clover. Vejo que a senhora ainda não terminou a limpeza, então vou me adiantar e examinar outro paciente. Volto depois.

Mirtes tentou dizer alguma coisa, mas Pam enfiou um daqueles instrumentos de sucção na sua boca e ela teve que se apressar para tirar a língua do caminho. Pam piscou de forma inocente, mas Mirtes jurou ter visto um traço de vingança naquele gesto.

Então, ela rapidamente se tornou uma paciente mais complacente na esperança de que Pam terminasse a limpeza e ela pudesse conversar com Hugh Bass. De preferência sem a presença da higienista.

Quando o Dr. Bass voltou, Pam já havia terminado e parecia ter toda a intenção de permanecer no consultório. O Dr. Bass cumprimentou-a novamente, fez Mirtes abrir e fechar a boca enquanto verificava os dentes e as radiografias que Pam havia tirado. — Parece tudo em ordem, Sra. Clover.

Mirtes sorriu para ele e depois olhou para Pam. — Poderia me trazer um copo de água, senhorita? Minha garganta ficou muito seca.

Pam não pareceu gostar de ser chamada de senhorita. — Tem um bebebouro na sala de espera ao lado da porta — disse, em tom amargo.

O Dr. Bass lançou um olhar surpreso. — Pam, você se importa em buscar água para a Sra. Clover? Eu mesmo faria isso, mas tenho vários pacientes esperando.

Pam marchou em passos firmes para cumprir a missão.

Mirtes se apressou em dizer: — Quanta gentileza da parte dela. Eu tive uma semana agitada! Acho que você deve ter ouvido falar dos trágicos acontecimentos em minha casa. O corpo que foi encontrado no meu jardim.

— Foi no seu jardim? Ouvi a respeito, mas não percebi que tinha acontecido na sua casa. Deve ter sido um choque. Posso imaginar — disse o Dr. Bass, evitando contato visual.

Mirtes levou a mão ao coração, na esperança que parecesse um gesto de fragilidade. — Sim, foi um choque terrível. Dr. Bass, acredito que você conhecia o cavalheiro que apareceu morto no meu jardim.

Agora foi Hugh Bass quem pareceu chocado. — Não. Acho que não.

— Charles Clayborne não cresceu aqui em Bradley? E vocês não tem mais ou menos a mesma idade?

Dr. Bass rapidamente recuou: — Ah sim. Estou me lembrando agora. Frequentamos a escola juntos. Mas não o vejo há quase vinte anos.

— É mesmo? — Mirtes inclinou a cabeça e avaliou o dentista até que ele se mexeu de modo desconfortável. — A propósito, você sabia que estou investigando o assassinato? Para o jornal, sabe. Faço parte da equipe de repórteres.

— Isso é muito interessante, Sra. Clover. É bom a senhora se manter ocupada. Mentes e corpos ativos são mentes e corpos saudáveis — disse, dando um sorriso bastante condescendente.

Pam retornou, carrancuda, trazendo o copo com água e o Dr. Bass pareceu imensamente aliviado e disse com uma voz subitamente alegre, agora que sua fuga estava garantida: — É melhor eu cuidar dos outros pacientes. Sra. Clover, espero que sua semana termine mais tranquila. Seus dentes estão em ótimo estado, o que é uma excelente notícia. — Ele deu um breve aceno de despedida e saiu do consultório, deixando Mirtes com Pam e um copo de água para beber.

Por que o Dr. Bass mentiu sobre ter falado com Charles?

NA MANHÃ SEGUINTE, Mirtes estava cedo ao telefone. Lee Woosley viria fazer os reparos e ela precisava entrar em contato com Puddin para terminar a limpeza. Se pretendia receber pessoas depois do funeral, não podia ter coelhinhos de poeira perseguindo uns aos outros pela casa.

Enquanto esperava Puddin atender o telefone, Mirtes pensou no quão rápido a demitiria se tivesse a oportunidade de ter uma faxineira decente. Mas como Puddin e Dusty eram um pacote, não poderia demitir Puddin a menos que tivesse um acordo com uma nova faxineira *e* um jardineiro. Considerando que ambos os serviços eram mais escassos em Bradley do que dentes de galinha, ela tinha a sensação de que não viveria para ver esse dia chegar.

Como sempre, Dusty atendeu. Quando ouviu a voz dela, começou a reclamar, como de costume: — Está quente demais para cortar a grama, Sra. Mirtes!

— Não está não! Não sei por que você sempre tenta adiar o trabalho no meu jardim. Você faz um bom trabalho quando se dedica.

— Então me passe para Puddin — disse Mirtes, suspirando ao ouvir resmungos do outro lado da linha. Alguns dias era difícil até tentar se comunicar com Dusty. Finalmente, Puddin atendeu o telefone. — Puddin, preciso que você e Dusty voltem aqui hoje para terminar o trabalho que começaram. A grama está aparada pela metade e a casa não está limpa nem uma fração do que deveria estar e vou receber pessoas em breve. A que horas você vem? — perguntou, se preparando para a resposta ridícula que sabia que estava por vir.

— Não posso ir — respondeu Puddin, com satisfação. — Estamos de férias, Dusty e eu.

— Férias? Você e Dusty? — Aquilo confundiu a mente de Mirtes. — Você acabou de atender o telefone de sua casa agora. Como assim estão de férias? — Puddin sempre afirmou categoricamente que não tinham dinheiro para viajar.

— Ganhamos uma viagem no supermercado. Éramos o milionésimo cliente — disse Puddin, presunçosa, como se tivesse tudo planejado. — Então, estamos prestes a sair para nossa viagem grátis.

Aquilo foi tão ridículo quanto a afirmação de que estavam de férias. O supermercado no centro de Bradley funcionava desde que Mirtes se lembrava. Era uma cidade pequena, então talvez tenha cerca de oitenta anos para atingir um milhão de clientes, o que parecia muito improvável.

— Aqui em Bradley?

— Não, em Simonton. Têm uma loja grande lá.

De fato, era verdade e explicaria tudo.

— Estamos indo para Myrtle Beach — disse Puddin, com orgulho. — Partimos hoje e só voltamos daqui a quatro dias. Então não posso limpar sua casa. Boa sorte com os espíritos malignos em sua casa, com os corpos e tudo o mais.

— Havia apenas um corpo e você sabe disso — resmungou Mirtes. — Não pense que vai se livrar assim tão fácil. Quando voltarem da praia, espero que venham aqui imediatamente para terminarem o trabalho. Além disso, Dusty deixou a pá aqui.

— Pegaremos isso mais tarde. Pode colocá-la em lugar da sua garagem.

Aparentemente, a conversa tinha terminado, porque Puddin desligou de forma abrupta.

Trinta minutos depois, Mirtes olhou ao redor da sala e da cozinha. Não brilhava, mas também não estava empoeirado. Pegou um espanador de cabo longo e encontrou os acessórios para o aspirador de pó. Ela fez um trabalho tão bom quanto Puddin teria feito e com o mínimo de esforço. O jardim já era outra questão. A grama estava bem alta e teria que continuar assim até Dusty voltar.

Agora que havia se esforçado tanto para limpar a casa, uma terceira tentativa de assistir a sua novela gravada se fazia necessária. Talvez pudesse avançar as cenas inacreditáveis do hospital. Então avançou até ver Jim e Bob tendo uma discussão séria sobre o envolvimento de Trina no culto. Suspirou em ante-cipação, se aconchegou na poltrona e logo adormeceu.

A campainha a acordou e ela olhou ao redor em busca da bengala. Aparentemente, ficou tão acomodada na poltrona du-rante a soneca que estava tendo dificuldade para se levantar. Houve uma batida na porta e ela gritou que estava indo, o que não era verdade, já que não conseguia ter impulso para se levan-tar.

Lee Woosley abriu a porta da frente com cautela e enfiou a cabeça para dentro. Será que havia esquecido de trancar a porta? Ainda bem que não era Red, que faria um sermão.

— Sra. Clover? — Seu olhar cauteloso relaxou quando a viu sentada na poltrona. — Tirando uma soneca, não é? — Ele ol-hou para a televisão: — E assistindo novela? É por isso que estou ansioso para me aposentar e passar o dia cochilando e assistindo programas de TV ruins.

Mirtes ficou um pouco deprimida por ter sido professora de alguém que estava chegando à idade de se aposentar. Lee devia ter cerca de sessenta ou sessenta e um anos. Era um homem ma-gro, mas em forma. O cabelo era grisalho e um pouco oleoso.

A suposição de Lee de que o dia de Mirtes girava em torno de cochilos e programas de televisão a irritava, mas como ainda estava despertando da soneca, decidiu relevar. Precisava que esse homem se abrisse e começar a agir na defensiva não era uma boa estratégia, então deu um sorriso e disse: — Sim. Obrigada por ter vindo, Lee. Fiz uma pequena lista das coisas que precisam ser consertadas. — Era óbvio que a lista estava em uma mesa fora do alcance do braço e ela ainda estava procurando pela bengala. Como aquela coisa estúpida pôde desaparecer daquele jeito?

Metade do tempo, o objeto agia como se estivesse tentando irritá-la.

Lee se aproximou, enfiou a mão embaixo da poltrona e puxou a bengala. — Aqui está, Sra. Clover. Parece que de alguma forma deslizou para baixo da poltrona.

— Obrigada — agradeceu, finalmente conseguindo se levantar. Em seguida, pegou a lista, entregou-a a Lee e disse: — Vou lhe mostrar a casa. No entanto, é tudo bastante autoexplicativo.

— Está bem. — Lee hesitou por um momento e disse: — Acho que a senhora precisa de ajuda com o jardim. Parece que a grama não é cortada há algum tempo. E sei que Red está ocupado. A senhora tem alguém para cuidar do jardim?

Mirtes cambaleou por um segundo, surpresa, depois juntou as mãos por cima da bengala. — Lee! Você não é um jardineiro, é? Você faz esse tipo de serviço? — A ideia de despedir o ressentido Dusty e a intolerável Puddin a fez querer rir de tanta alegria.

— Não, infelizmente não. Mas percebi que a senhora precisa de ajuda. Posso dar uns telefonemas e descobrir se há alguém querendo ganhar algum dinheiro extra.

— Obrigada. — Mirtes já havia descartado essa possibilidade. Houve um tempo em que contratou serviços de jardinagem de pessoas que precisavam de alguma renda extra. Foi ainda mais difícil conseguir um cronograma regular do que aturar Dusty. Pelo menos ele vinha com frequência.

— Já que não o vejo há tantos anos, por que não me atualiza com as novidades? Construiu uma família?

Lee hesitou. — Na verdade, minha esposa morreu há algum tempo. Mas tenho uma filha, Peggy. E uma neta também. Ela tem quase dezoito anos.

— Ah, que maravilha. Conheço Peggy. E o marido dela... Qual é mesmo o nome dele?

— Minha filha era casada com Jim Neighbours, mas se divorciaram há muito tempo. — Lee se mexeu, como se o assunto lhe causasse desconforto. — Mas parece que ela e o dentista da cidade, Hugh Bass, estão namorando.

— É mesmo? Isso é ótimo.

Lee estava ansioso para mudar de assunto. Mirtes teve a forte sensação de que ele era um homem muito antiquado, com opiniões conservadoras sobre casamento e divórcio. — E como vai a *sua* família, Sra. Clover? Red está bem?

Parecia ser um bom momento para falar sobre o caso. — Sim, Red está bem. Está bastante ocupado no momento, com tudo o que está acontecendo.

Lee não parecia saber do que Mirtes estava falando. Ele inclinou a cabeça e olhou para ela com uma expressão vaga. — É mesmo? Por quê? Aquelas crianças continuam acionando o alarme de incêndio na prefeitura?

Mirtes o encarou incrédula. Lee não poderia ser o único homem em Bradley a não saber do assassinato. Então por que estava se fazendo de bobo? — Não, Lee. Estou me referindo ao assassinato. Um homem foi assassinado há alguns dias. Na verdade, o crime aconteceu no meu quintal.

— Ah, sim. — Lee deu de ombros, mas havia um rubor em seu rosto e Mirtes sabia que ele estava sentindo emoções mais fortes do que deixava transparecer. — Acho que isso lhe causou aborrecimentos, não?

— Foi surreal. Aqui estava eu, cuidando da minha vida, e o jardineiro encontra um corpo perto dos gnomos. Foi bastante perturbador. Ainda mais porque eu nunca tinha visto esse homem. Você o conhecia? Red mencionou que você teve algum tipo de discussão com ele recentemente.

Agora a reação foi mais visível e Lee estreitou os olhos. — É verdade, Sra. Clover. Eu não o conhecia muito bem, mas ele tentou me enganar no jogo de pôquer há algumas noites. Meus amigos e eu jogamos cartas de maneira honesta e ele agiu como um trapaceiro e roubou nosso dinheiro com a mesma certeza como se tivesse roubado nossos bolsos. Eu dei uma surra nele e foi merecida.

— Você sabia mais alguma coisa a respeito desse homem? Além do fato dele trapacear nas cartas?

— Sei apenas que ele era um mau-caráter. Não lamento sua morte e não acho que alguém que o conheceu esteja lamentando. Para um cara que não estava na cidade há muito tempo, certamente criou muitos problemas.

— O que mais o faz pensar que ele era um mau-caráter?

Lee hesitou. — Apenas uma intuição.

— Até onde sei, ele cresceu aqui em Bradley — insistiu Mirtes. — Você o conhecia?

Os lábios de Lee estavam selados e tudo o que ele disse foi: — É melhor continuarmos com a lista, Sra. Clover. Tenho outros serviços para fazer depois que terminar aqui. Além disso, o que está no passado permanece no passado.

Mas Mirtes sabia, por sua vasta experiência de vida, que o passado raramente permanecia no passado.

Capítulo Sete

Como Mirtes não ficou satisfeita com o resultado da conversa com Lee, esqueceu de mencionar, por conveniência, alguns dos projetos da lista, pois precisaria de uma desculpa para fazer o homem. Ele acabou surpreendendo-a por ter feito um trabalho muito cuidadoso e minucioso. A única coisa que ficou faltando foi recolocar o suporte de plantas na parede dos fundos, porque ele não tinha os parafusos certos. Red ficaria satisfeito, pensou, enquanto observava Lee acenar enquanto caminhava com cuidado através do labirinto de gnomos até sua velha caminhonete.

E de fato, Red *ficou* satisfeito. Ele acabou aparecendo apenas uma hora depois que Lee foi embora. Mirtes mostrou o trabalho que tinha sido feito e Red assentiu com a cabeça. — E também não cobrou muito — disse, olhando para a fatura na mesa. — Talvez eu precise que ele venha até minha casa e também faça alguns serviços. Poderia eliminar metade da minha lista em pouco tempo.

Mirtes assentiu, ouvindo parcialmente o que ele estava dizendo. — Você tem alguns minutos, Red? Para me ajudar?

Red parecia relutante em se comprometer, pois não tinha certeza do que ela pediria. — Na verdade, mamãe, vim fazer algumas perguntas sobre o assassinato.

Mirtes se animou. As perguntas significavam que ela poderia interferir. Red devia ter alguma nova evidência para se expressar dessa maneira. Mas ela ainda precisava ir ao supermercado. Precisava comprar muitas coisas para a recepção e não conseguiria carregar mais de uma bolsa e a bengala ao mesmo tempo.

— Pode me perguntar tudo no caminho até o supermercado e na volta também.

Red ficou aliviado. — Ah, é só isso? Sem problemas. Achei que a senhora ia me pedir para cortar a grama e tenho muito trabalho a fazer com esse caso.

Mirtes pegou a bengala e a carteira enquanto Red olhava pela janela a grama que ameaçava encobrir os gnomos. — O que aconteceu com Dusty? Ele não costuma ser tão preguiçoso.

— Ganhou algum tipo de viagem para a praia e saiu da cidade com Puddin por alguns dias — resmungou Mirtes, enquanto saíam pela porta da frente, trancando-a com cuidado. — É uma pena, mas não posso fazer nada. — Ela fez uma pausa e disse: — O que você queria me perguntar?

— No dia do assassinato, a senhora notou uma mulher rondando a nossa rua? — Atravessaram a rua até a entrada da garagem e Red abriu a porta do carro da polícia para a mãe entrar.

Mirtes ficou intrigada. — Claro que vi. Erma, por exemplo. Ela está sempre à espreita na esperança de me emboscar e contar todos os detalhes sobre sua última infecção fúngica ou algo igualmente revoltante. Elaine estava no seu jardim, empurrando Jack no balanço. Franny Parsons foi até a caixa de correio um milhão de vezes. Acho que ela estava tentando ver se o cheque da pensão havia chegado. E...

Red ligou o carro e saiu de ré. — Estou perguntando se a senhora viu uma mulher estranha rondando pela nossa rua?

— Tipo... como seria essa mulher, Red? Não consigo pensar em ninguém de imediato. — Mirtes se irritou ao pensar que havia deixado escapar alguma pista importante.

— Pelo que ouvi, ela seria bem magra. Aparência desleixada. Cabelo preto, meio rebelde.

— Mãos manchadas de nicotina e dentes faltando?

Red assentiu, olhando atentamente para Mirtes, enquanto dirigia para o centro da cidade. — Isso mesmo. Então a senhora a viu? A que horas foi isso?

— Não, eu não a vi — Mirtes estava sendo sincera. Ela apenas sabia a quem ele estava se referindo.

— Então como poderia descrevê-la se não a viu? — perguntou Red com os dentes cerrados.

— Apenas um palpite, só isso. Usei a imaginação e acertei em cheio — respondeu Mirtes, desta vez não com tanta sinceridade. Sabia que era a descrição de Wanda, a médium que morava em um casebre na periferia da cidade. Não fazia a menor ideis do que Wanda estaria fazendo na rua, mas era coincidência demais para não ter algo a ver com o assassinato. Assim que conseguisse pegar uma carona com Miles, iria até a casa dela descobrir a história completa.

Red parecia desconfiado. — Não me lembro da senhora sendo tão fantasiosa, mamãe. Tem certeza de que não sabe nada sobre essa mulher?

— Não faço a menor ideia. — Felizmente, estavam estacionando e Red a ajudava a sair do carro. Mirtes pegou um carrinho e entraram no supermercado.

Mirtes foi até o balcão de laticínios e escolheu vários queijos. Red ficou intrigado. — Mamãe, por que a senhora está comprando todo esse queijo? Não vai conseguir comer tudo antes que estrague.

— Vou oferecer uma recepção depois do funeral de Charles Clayborne. Lembra? Em consideração a Miles, já que é o funeral do primo dele e a cerimônia será aqui em Bradley. Miles não quer dar a recepção e nem mesmo reivindicar o homem como parente. — Ela moveu o carrinho para um corredor central e pegou algumas caixas de gelatina de cores diferentes.

Mirtes olhou para Red. — Por que está me olhando assim?

— Esta é a comida que a senhora vai servir na recepção do funeral? Queijo e gelatina?

— Bem, não juntos! Mas sim. Vou cortar o queijo em cubos e colocar em uma bandeja. E a gelatina vou colocar em uma tigela grande para as pessoas se servirem.

Red pigarreou e olhou para os itens ofensivos no carrinho. — Mamãe, a senhora foi a algum funeral ultimamente? Acho que não vi muito queijo e gelatina nos funerais a que compareci.

— Vá direto ao assunto, Red. O que está tentando dizer? Que não preciso comprar essas coisas?

— Talvez a senhora devesse comprar algumas coisas diferentes. A igreja não vai enviar comida para Miles? Normalmente as senhoras da igreja sempre aparecem com enroladinhos de presunto, ovos cozidos, salada de batatas, torta de pêssego, coisas assim.

— Posso fazer ovos apimentados. — Por que todos ficavam tão nervosos quando ela mencionava que estava oferecendo uma recepção? Suspeitava fortememente que fosse discriminação por idade, considerando sua incansável caminhada rumo aos noventa anos. Os idosos de noventa anos não recebiam o devido respeito. Os octogenários ainda estavam no poder.

— Claro que pode — disse Red, revirando os olhos. — Mas por que se preocupar quando vai receber comida da igreja? A senhora já está ajudando oferecendo a casa.

Talvez Mirtes quisesse se incomodar simplesmente porque todos pareciam tão obstinados em fazer com que ela desistisse da ideia. — Já estou aqui, Red. Ouvi seu conselho e não vou preparar tanta comida quanto planejei, mas não posso oferecer uma recepção e esperar a comida chegar. Também preciso garantir que as pessoas tenham algo para beber.

— Sendo assim, por favor não sirva bebidas alcoólicas. Depois de apartar aquela briga de bêbados na semana passada, tudo que quero é ter certeza de que a cidade estará bebendo apenas limonada.

— Estava planejando servir apenas bebidas não alcoólicas. Mas acho que você está exagerando ao pensar que as pessoas vão brigar em uma recepção fúnebre.

NA MANHÃ SEGUINTE, Mirtes ligou para Miles, que atendeu bem sonolento depois de seis ou sete toques.

— Está dormindo? — perguntou Mirtes, parecendo surpresa.

— Não mais — respondeu Miles, com frieza.

— Achei que estaria acordado há horas — disse Mirtes, sentindo uma leve pontada de remorso. Ainda assim, o combate ao crime não podia esperar e ela precisava começar a investigar cedo.

Miles respondeu com um bufo mal-humorado.

— Estou ligando porque preciso falar com Wanda. Red disse que ela estava rondando nossa rua antes do assassinato e quero descobrir o motivo. Então, preciso pegar seu carro emprestado ou que me dê uma carona até a casa dela.

Miles soltou um suspiro sofrido. — É a médium que mora na velha estrada, saindo da cidade? Aquela que mora com o irmão maluco?

— Ela mesma. Sim, o irmão se chama Dan Doido.

— Não pode pedir carona para outra pessoa? — perguntou Miles, irritado. — Você já pegou carona com outras pessoas antes. Como Erma, por exemplo.

— Vou fingir que não ouvi isso. Como você bem sabe, faz tempo que venho evitando Erma como uma praga. Procurar a companhia dela por livre e espontânea vontade significaria que tive um pequeno derrame. Além disso, a última vez que a vi, à distância, ela estava balbuciando coisas incoerentes sobre ter uma pista... De que você era o assassino.

Miles gemeu. — Típico. E suponho que ela contará qualquer bobagem que tenha fixada na cabeça para todos na cidade. Lá se vai minha reputação. Miles Bradford... assassino.

— Não necessariamente. De qualquer forma, ninguém ouve Erma Sherman. Para a própria autoproteção. Caso contrário, suas cabeças explodiriam com todos os repugnantes relatórios médicos sobre as diversas condições patológicas. Além disso, conhecendo as fofoqueiras desta cidade, a ideia de você ser algum tipo de vilão o tornaria ainda mais atraente.

— Está insinuando que além de dirigir, ser um vilão aumentaria o meu charme? — disse Miles secamente. Por alguma razão, a ideia de que ainda era desejável apenas por ter habilitação era humilhante.

— Voltando à minha necessidade de uma carona. É impossível pedir a Erma porque ela é muito intrometida.

Miles deu uma tosse sugestiva.

— Eu sei o que você está pensando. Estou investigando, não sendo intrometida. Já escrevi uma pequena atualização para o jornal. Vai ser publicada na edição de amanhã. — Não era de fato uma atualização, pois ainda não havia muitos fatos sobre o caso. O mais importante era que a história fosse escrita por ela. Talvez pudesse usar a desculpa da reportagem investigativa para falar com suspeitos sempre que precisasse.

— Não importa — suspirou Miles. — Acho que posso levá-la até a casa de Wanda daqui a pouco. Pelo menos me dará uma desculpa para não suportar a visita da tia Connie. Ela disse que poderia passar por aqui hoje à tarde.

— Sério? Ah, Miles, não deveríamos perder a oportunidade de conversar com ela. Se formos até a casa de Wanda agora de manhã, teremos a tarde toda para conversar com tia Connie.

— Você não vai gostar da experiência. Vai querer fugir. Será muito semelhante a uma visita a Erma Sherman.

— Duvido muito — disse Mirtes, com firmeza. — Além disso, costumo me dar bem com os idosos. Afinal, sou membro do clube.

— É verdade, já faz alguns anos que você é membro de carteirinha do clube dos idosos. Mas lembre-se: ela não é idosa. Não tem nem sessenta anos.

— Há algo repugnante nisso também — disse Mirtes, enojada. — Que horror.

— Não tenho nada a ver com isso. Meu tio gostava de mulheres muito mais jovens. E eu já disse que não quero meu nome relacionado à minha tia nem ao primo Charles. Agora, se vamos visitar uma médium no interior, preciso me arrumar.

Mirtes bufou. — Não se preocupe em se vestir bem. Teremos sorte se Wanda estiver usando sapatos. E *muita* sorte se Dan Doido estiver vestindo uma camisa.

Miles respirou fundo e estremeceu. — Está bem. Estou *bem* animado com o rumo que meu dia está tomando. Talvez eu pule o café esta manhã e tome um Bloody Mary.

— Contanto que eu dirija, o que terei o maior prazer em fazer. Minha carteira de motorista é válida por mais uma década.

Miles fez um som engraçado no telefone, que Mirtes não conseguiu decifrar. — Deixa pra lá. Só me certificarei de servir bebidas enquanto a querida tia Connie estiver me visitando. Vou precisar de um drinque para aguentar.

UMA HORA DEPOIS, MILES parou o carro na frente da casa de Mirtes. Ela pegou a bengala, trancou a porta atrás de si e começou a abrir caminho com cuidado entre a grama, agora muito alta, e os gnomos. Um dos problemas era que o jardim estava infestado de capim-colchão. Olhou com ressentimento para o jardim ofensivo de Erma Sherman, a fonte da praga. Se Mirtes tivesse grama rasteira, não estaria tão alta agora. Maldita Erma! E malditos Puddin e Dusty!

Ela pulou e ergueu a bengala em defesa, quando uma voz anasalada sussurrou seu nome. Com certeza, era Erma. — Você me assustou! — retrucou. — Por que está sussurrando? Tudo o que preciso é cair nesta armadilha mortal que virou o meu jardim, pensando que estou ouvindo fantasmas.

Os olhos de Erma estavam arregalados e ela balançou a cabeça na direção do carro de Miles. — Não vai sair com *ele,* vai? Mirtes, você está correndo perigo.

— Ele não dirige tão mal assim. O perigo é moderado. Corro muito mais perigo apenas andando pelo jardim. Você pode fazer algo a respeito do capim-colchão? Está se espalhando e transformando o jardim em um desastre.

Erma olhou ao redor e sorriu. — Ah! Seu jardim é um desastre, com ou sem capim-colchão. E você está saindo pela tangente. Eu não estava falando sobre Miles ser um mau motorista e sim sobre o fato dele ser um assassino louco.

Mirtes acenou com a bengala no ar, esperando pelo menos fazer Erma recuar um pouco para que seu hálito fétido não viesse em sua direção. — Tudo bem. Você já me avisou. Agora preciso pegar minha carona.

Erma olhou para Mirtes com ternura. — Sei que você sente algo por Miles, mas não pode deixar seus sonhos românticos atrapalharem sua segurança. Costuma se sentir atraída por homens perigosos?

— Chega de bobagens! *Não* estou apaixonada por Miles Bradford! — Mirtes resmungou e foi embora. Em seguida, abriu a porta do carro, se acomodou no banco do carona e bateu a porta.

— Nunca imaginei isso — disse Miles, em tom gentil.

Mirtes percebeu que as janelas do carro estavam abaixadas. — Erma foi longe demais desta vez. Longe demais!

Miles suspirou. — Que boato será que ela vai espalhar desta vez?

— Além de você ser um assassino cruel? Tenho certeza de que ela está revivendo seu boato favorito, espalhando que você e eu estamos envolvidos — respondeu Mirtes, mal-humorada.

— Ninguém presta atenção nessas coisas.

— Humm.

Viajaram em silêncio por alguns minutos, então Miles disse: — Onde fica mesmo esse lugar? Tudo o que me lembro é que fica na antiga estrada que sai da cidade.

— É na saída. Continue dirigindo. Vai começar a ver placas aconselhando-o a examinar o estado de sua alma, depois verá placas de *amendoins, iscas e videntes*. É aí que você precisa diminuir a velocidade.

— Mal posso esperar.

Passaram-se uns bons vinte e cinco minutos antes que começassem a ver as placas na esburacada rodovia estadual nos arredores de Bradley. — Não é tão ruim — disse Miles. — Jesus te ama? É uma bela citação, Mirtes.

— Espere mais um pouco.

A placa seguinte foi um pouco mais ameaçadora: *A fruta proibida dá origem a muitas compotas.* — Bem, de certa forma é verdade. *A honestidade e a moral tornam a vida descomplicada.* Acho que as igrejas rurais estão apenas cuidando dos seus paroquianos.

Mirtes grunhiu.

A próxima placa dizia: *Escolha o pão da vida ou acabará torrado,* seguida por: *A eternidade é tempo demais para estar errado.*

Miles soltou outro suspiro. Ele parecia estar suspirando bastante ultimamente.

— Aqui! — disse Mirtes, apontando para o acostamento, onde uma placa desbotada anunciava a venda de iscas, calotas, amendoins e leituras psíquicas.

— Onde fica a casa? — perguntou Miles, entrando no caminho de terra e cascalho, que era cheio de terra e pouco cascalho, que passava por uma entrada de automóveis, desviando com cuidado de vários carros sobre blocos de concreto.

— Bem aí na sua frente! Não me diga que não consegue ver? — Mirtes acenou para um casebre que estava completamente engolido por calotas.

Miles piscou para o casebre. — Presumi que fosse o show-room das calotas. Eles moram ali?

— Ah, está tudo bem. Não seja tão arrogante. Tenho certeza de que há muitas vantagens em morar em uma casa coberta por calotas.

— Então — disse Miles, pensativo. — Quando um cliente *quer* uma nova calota, eles a retiram de casa? — Ele parecia bem preocupado com a estrutura da casa. Devia ser por causa da sua formação em engenharia, ou seja lá o que costumava fazer.

— Venha, vamos logo — disse Mirtes, impaciente, pegando a bengala do banco de trás e saindo do carro. Ela foi até a casa e bateu com a bengala em uma das calotas. Havia uma placa colada com fita adesiva perto da porta que dizia: *Madame Zora. Vidente. Leitura de Tarô.*

— O Dan Doido é quem costuma atender à porta — resmungou Mirtes. —Por alguma razão, ele fica ofendido sempre que me vê.

Um homem grisalho, com pele áspera e barba por fazer, abriu a porta de forma abrupta e olhou para ambos com desconfiança. Em seguida seu olhar se voltou para Mirtes. — Você! O que está fazendo aqui outra vez?

Capítulo Oito

Pelo amor de Deus, Dan! Faz meses que não venho aqui. Você age como se eu aparecesse aqui toda semana pedindo esmola ou algo assim. — Mirtes franziu a testa para o homem desgrenhado e sem camisa. — Wanda está aqui?

O homem inclinou a cabeça sem entender. — O quê?

— Perguntei se Wanda está em casa — repetiu Mirtes, em voz alta. Notando a expressão confusa no rosto do homem, repetiu mais uma vez: — *Wan-da*. Sua irmã.

— Precisa de uma leitura de *desenho*? — Agora Dan parecia ter entendido.

Mirtes sabia que não havia levado dinheiro. Ela se virou e lançou a Miles um olhar interrogativo.

Miles suspirou. — Suponho que sim.

Dan Doido assentiu e começou a olhar para a camisa polo bem passada, a calça cáqui e os belos sapatos de Miles. — Wanda! — gritou. O casebre era tão pequeno que era difícil que o tom de voz elevado fosse necessário.

Wanda apareceu e Dan sumiu nas profundezas escuras do casebre. Ela parecia exatamente como Red havia descrito e Mirtes assentiu, satisfeita. Manchas de nicotina, cabelos desgrenhados, pele áspera e envelhecida pelo sol. Na verdade, apenas uma versão feminina de Dan Doido. Ao contrário do irmão, ela *estava* vestindo uma camisa e até usava um par de chinelos de péssima aparência e não pareceu nem um pouco surpresa ao vê-los.

— Estava imaginando quando você viria — disse com uma voz dissoluta, se virando para entrar no casebre. Mirtes supôs que deveriam segui-la, então ela entrou com cuidado por causa da escuridão. Passar da plena e implacável luz do dia para a penumbra de uma casa desordenada pode ser uma receita para o desastre. Mirtes tocou o chão com a bengala para ter certeza de que não tropeçaria em pilhas de roupa suja, equipamentos psíquicos ou calotas sobressalentes.

O meticuloso Miles não parecia querer se sentar no sofá de Madame Zora. Ele parecia preocupado com condições de higiene. — Passei muito tempo sentado enquanto dirigia, então prefiro ficar de pé e esticar as pernas um pouco.

Mirtes se perguntou se Wanda percebeu o verdedeiro motivo de Miles não querer se sentar, pois o observou com os olhos semicerrados. Ela deixou passar e disse: — Veio consultar as previsões?

— Eu disse a Dan que sim, mas não tenho muita certeza, Wanda. Isso nunca acaba bem.

— Por que não? — perguntou Miles, o olhar ainda voltado para os cantos da sala, como se esperasse que roedores saltassem sobre ele.

— Porque ela sempre vê coisas horríveis. Horríveis. Wanda nunca olhou para a palma da minha mão e disse: 'Você vai ganhar um milhão de dólares na loteria e será feliz pelo resto da vida'. É sempre algo horrível.

— Não é justo. Apenas digo o que vejo. Me dê uma chance. Talvez agora não sejam coisas ruins.

Mirtes suspirou e estendeu a mão. Wanda olhou para a palma da mão com atenção e murmurou: — Morte. — Em seguida, soltou a mão como se fosse algo queimando e acendeu um cigarro.

— Está vendo! — disse Mirtes, furiosa.

Miles parecia em dúvida: — Mas isso é previsivel, não é, Wanda? Considerando o cliente, quero dizer. — Mirtes lançou um olhar zangado e Miles enrubesceu. — Quero dizer, considerando a idade dela... hum... bem... a idade avançada.

— Que *galante* da sua parte, Miles. Oitenta são os novos setenta, sabia? — disse Mirtes, o olhar repreensivo.

— Mas você não tem oitenta anos. Tem quase noventa! — disse Miles, confuso, antes de enrubescer ainda mais.

Wanda disse com desdém: — Não previ porque ela é *velha*. Há outras mortes ao redor. Mortes não naturais. E perigo. Eu sempre aviso. Ela nunca escuta.

Miles assentiu com simpatia.

— Talvez — disse Mirtes, irritada. — A razão pela qual está vendo a morte em todos os lugares é porque você acabou de matar alguém.

Miles deu uma risada sufocada.

— O que está insinuando? — Wanda semicerrou os olhos.

— Eu não fiz nada — disse, soprando uma nuvem de fumaça de cigarro no rosto de Mirtes.

— Tem certeza? Porque você foi vista se esgueirando pela rua, perto da minha casa, na noite em que um assassinato foi cometido. No meu jardim, para ser mais específica. — disse Mirtes, sustentando o olhar na médium.

— Não estive lá à noite! — interveio Wanda com veemência e depois olhou ressentida para Mirtes por ter mentido.

— Por que foi até lá? O que estava fazendo na minha casa?

— Nem sabia que era *a sua* casa!

— Você é vidente! Deveria saber essas coisas.

— Isso é um pequeno detalhe. Não prevejo detalhes — disse Wanda, defensiva. — E a razão pela qual estive na sua rua é porque tive uma visão. — Ela apagou o cigarro e colocou as mãos magras nos quadris.

— Que tipo de visão? — perguntou Miles, curioso. Ele esteve ocupado nos últimos minutos observando a bola de cristal, as cartas de tarô e outras esquisitices ao redor da sala. Talvez pensando em ter ignorado a vocação de vidente em vez de arquiteto. Ou seja lá o que ele costumava fazer.

Wanda se virou para encará-lo. — Achei que você ia se machucar. Na visão, você iria se machucar. Pensei em ir até lá para tentar impedir. No entanto, sei que não devo mexer com as estrelas.

— Você pensou que *eu* iria me machucar? — perguntou Miles, assustado. — Por que você teria uma visão como essa?

— Ele não estava tramando algo bom — disse Wanda, estremecendo. — Nada de bom, aquele primo Charles.

Agora ela tinha toda a atenção de Miles. — Como conhece o primo Charles? —perguntou Miles, os olhos estavam arregalados de terror enquanto esperava pela resposta.

— Porque ele é parente.

— Parente de *quem*? — Miles continuava com os olhos arregalados por trás dos óculos de aro metálico.

— Meu. E seu — disse Wanda de forma casual, dando a Miles um olhar cansado.

— Mas como? — O rosto pálido de Miles indicava que ele precisava desesperadamente daquele Bloody Mary que havia mencionado pela manhã.

Wanda deu de ombros e não pareceu disposta a responder.

Mirtes persistiu com o questionamento. — Então você foi até a casa de Miles e ficou esperando ver algo? E o que *você* viu?

— A visão estava confusa. Deve ter ido na hora errada. Não vi o primo Charles.

— E viu mais alguma coisa? — perguntou Mirtes, ignorando o fato de que Miles estava murmurando algo baixinho.

Wanda olhou para Mirtes. — Só a sua gata. — respondeu, desviando o olhar e Mirtes jurou que ela estava escondendo alguma coisa. Então Wanda tinha visto algo, mas não queria compartilhar. Ótimo. O que havia com as pessoas envolvidas neste caso? Ninguém queria conversar.

Miles estava mais uma vez no comando da conversa, mas Mirtes já havia perdido o interesse, pois estava claro que Wanda não iria compartilhar mais nenhuma informação. Pelo menos não hoje.

— Se você pudesse me explicar — implorou Miles. — Como *exatamente* somos parentes?

MILES TER PEDIDO A Mirtes que dirigisse no caminho de volta para casa foi um forte indício de quanto ele estava abalado. Mirtes partiu a uma velocidade majestosa de 55 km/h. — Em que diabos você estava pensando, Miles, ao convidar Wanda para o funeral? E para a minha recepção!

Miles estava olhando distraído para a paisagem que passava lentamente, atordoado. — Bem. Ela é da família. Tenho que observar todas as sutilezas.

— Família de uma forma muito complicada, e apenas porque seu tio era um canalha. Que absurdo sobrecarregar a mãe de Dan Doido e Wanda com dois filhos e não cuidar deles! Rebateu Mirtes, desviando um milímetro da estrada enquanto era dominada pela emoção.

Miles enterrou a cabeça nas mãos. — Ah, Mirtes. Você tem razão. Dan Doido também é meu parente.

— Não vamos desmoronar por causa disso, Miles. Não é como se você tivesse que começar a visitá-los nas tardes de domingo depois da igreja ou algo do tipo. Apenas continue agindo naturalmente. De qualquer forma, você nem reconhece os outros membros da família. O que são mais dois primos? — De repente Mirtes ficou apreensiva. — Mas espero que não tenha convidado Dan para a recepção. Ele nunca usa camisa!

Miles voltou a falar ainda com a cabeça entre as mãos. — Não falei especificamente para Wanda ir com o irmão. Quem sabe se ele vai decidir aparecer? Nem sei como Wanda chegou à nossa rua na noite do assassinato. Todos os carros que vi estavam sobre blocos de concreto.

— Acho que deve haver algum carro que realmente funcione. — Mirtes olhou para Miles, que parecia estar com uma terrível dor de cabeça ou tendo algum tipo de ataque. — Não fique tão preocupado, Miles! Vai ficar tudo bem.

Quando por fim voltou para casa, Mirtes continuou repetindo o mantra *Vai ficar tudo bem*. Estava com uma recepção programada para o dia seguinte e se sentia extremamente despreparada. Em primeiro lugar, tinha esquecido de comprar flores para o memorial que estava tentando criar, e as flores em seu jardim não pareciam tão bonitas naquele momento.

Espiou o jardim de Erma pela janela lateral para ver se as rosas ainda estavam murchas como sempre. Como esperado, as pobres coitadas pareciam estar precisando de água.

De repente, ela estalou os dedos. Miles tinha aquela enorme árvore magnólia que ofuscava completamente o jardim. Mirtes passaria lá mais tarde quando a tia de Miles viesse visitá-lo e então poderia arrancar algumas flores e colocá-las em um grande jarro.

Depois voltou sua atenção para a casa. Parecia tudo bem, pensou. Sabia que o banheiro do corredor precisava ser limpo e a cozinha também, obviamente depois que ela terminasse de cozinhar.

Outra coisa a estava incomodando. Sempre que falava sobre a recepção do funeral, as pessoas mencionavam enroladinhos de presunto. Ela não tinha comprado presunto quando estava no supermercado com Red e os únicos enoladinhos que conseguia preparar eram os comprados prontos. Ao que tudo indica, essa coisa de presunto nas recepções funerárias era uma tradição tão sagrada quanto comer presunto na Páscoa.

Não havia como evitar. Teria que voltar ao supermercado. Suspirando profundamente, pegou uma sacola e a bengala e saiu.

Pelo menos já tinha resolvido a questão das flores. Não havia como carregar presunto, flores e uma bengala.

Roy, o açougueiro, estremeceu ao ver Mirtes Clover se aproximando. Ele conhecia bem a senhora que frequentava seu balcão de carnes há anos. Ele achava que Mirtes era uma excelente professora, mas uma péssima cozinheira. Roy sempre se sentia culpado ao lhe vender um pobre corte de carne.

Hoje ela queria um presunto. Roy não achava que já tivesse vendido presunto para Mirtes e sentiu uma estranha relutância em fazê-lo agora.

Mirtes estava franzindo a testa, curvada sobre a bengala como se já tivesse vivido um longo dia. Era uma senhora formidável, com 1,80m de altura e um intelecto imponente. De repente ele percebeu que Mirtes estava falando, mas estava imerso em seus pensamentos para ouvi-la.

— Preciso de presunto — repetiu ela, com aquele olhar severo das vezes em que ele esquecia de fazer o dever de casa.

— Claro, Sra. Clover. De quanto precisa?

— Estou pensando em 6kg.

Roy pegou o presunto, deu a volta no balcão e colocou a peça no carrinho. — Então — disse com cautela. — A senhora precisa de alguma... bem, dicas para preparar o presunto?

Mirtes lançou um olhar gélido. — Acho que consigo lidar com o presunto, Roy. Vou cozinhar e vai dar tudo certo.

Roy continuou sentindo um forte senso de responsabilidade para com a carne. Ela sabia que o presunto estava cozido, certo?

— Na verdade, só precisa aquecer ou talvez um pouco de molho... — Ele parou de falar ao perceber o modo com que ela o estava encarando. Roy olhou com tristeza enquanto ela se afastava, se apoiando no carrinho.

Inacreditável! Roy parecia aliado a todos na cidade que achavam que ela não poderia organizar uma simples recepção fúnebre. Aquilo a deixou ainda mais determinada a fazer tudo correr bem e capturar o assassino ao mesmo tempo. Desceu a calçada de volta para casa, pensando no caso enquanto caminhava. Já devia estar na hora da tia de Miles chegar para visitá-lo. Talvez devesse colocar o presunto no forno antes de ir até lá, afinal de contas, estaria perto de casa.

Ao chegar em casa, colocou o presunto na mesa e olhou o rótulo. Pouco mais de 6kg. Pelo que lembrava da última vez em que organizou o Dia de Ação de Graças, outra ocasião em que ninguém parecia aceitar que ela sabia o que estava fazendo, preparou um assado cerca de meio quilo a mais do que aquele presunto. O peru demorou muito mais tempo para assar do que ela havia planejado e precisou inventar desculpas para o atraso que não envolvessem o fato de o peru não estar cozido. Portanto, não cometeria o mesmo erro de subestimar o tempo de cozimento. Pelo menos o presunto não estava congelado, o que era um bônus, considerando que a recepção seria na tarde seguinte.

Mirtes olhou pensativa para o forno. Estava a 190 graus quando assou o peru do Dia de Ação de Graças? Achava que sim. Então pré-aqueceu o forno, desembrulhou o presunto e colocou-o na panela. Parecia vir com uma espécie de cobertura. Que conveniente! Será que ficaria bom nos enroladinhos? Era bem provável, não? Misturou a cobertura de acordo com as instruções, mas não leu as instruções para aquecer o presunto.

Assim que o forno pré-aqueceu, colocou o presunto e pegou o telefone para ligar para Miles.

— Ela já chegou? — perguntou, ainda sem fôlego devido ao esforço de sair e manusear o presunto.

— Ainda não — respondeu Miles com um suspiro. — E não estou com vontade de vê-la nesse momento.

— Está planejando mencionar Wanda e Dan Doido?

— Por que ela se importaria? Foi algo que o sogro fez há muito tempo.

— Está bem. Estou indo para a sua casa. — Mirtes desligou o telefone, pegou a bengala e se olhou no espelho. O cabelo branco estava em pé como o de Einstein, e ela o afagou com impaciência antes de sair.

ESTAVAM TOMANDO A SEGUNDA taça de vinho e a tia ainda não havia chegado.

— Ela disse que estava vindo, não disse? Essa espera está me fazendo beber mais vinho do que planejei.

Miles deu de ombros. — Não é como se estivéssemos com pressa de ir a algum lugar. Foi um dia longo, pelo menos para mim.

— Também foi um longo dia para mim e ainda tenho um monte de coisas para fazer. Limpar e cozinhar. E ainda preciso pegar algumas magnólias da sua árvore para o memorial no jardim.

Miles deu uma risada sufocada que não era típica dele. Mirtes ergueu as sobrancelhas e se perguntou se ele já estava bebendo vinho antes dela chegar. — O memorial, é claro. Consegue alcançar as flores da árvore? Estava imaginando você subindo em árvores na sua idade.

Mirtes lançou um olhar frio. — Sou bem alta, como pode perceber, então tenho certeza que não terei problemas. Pelo amor de Deus, Miles.

Provavelmente foi uma sorte a campainha ter tocado naquele momento. Mirtes estava começando a ficar irritada com Miles, mas não podia se dar ao luxo de perder a paciência.

A tia de Miles, Connie, parecia ter quase cinquenta anos e não tinha absolutamente nenhuma semelhança com ele. A mulher tinha uma boca esquisita, queixo retraído e olhos pequenos que observavam a casa de Miles com desconfiança, como se especulassem que ele guardava muitas lembranças de família que deveriam estar na casa dela.

— Ah, Miles, não é terrível o que aconteceu? Nosso pobre Charles! Ainda nem absorvi a notícia. Ter a vida encerrada ainda tão jovem e com um futuro promissor!

Miles franziu a testa em dúvida tanto para a juventude quanto para o sucesso profissional do primo, mas foi educado demais para fazer qualquer coisa além de concordar com a cabeça. — Está tudo pronto para o funeral? — perguntou, em tom sério, fazendo sinal para a tia se sentar.

Connie se sentou, passando a mão pela superfície cara do sofá de couro. — Sim. Na verdade, não havia muito o que fazer, a não ser dar as coordenadas para a funerária e planejar o serviço fúnebre. A funerária assume todo o trabalho.

— Está ciente que Mirtes será a anfitriã da recepção após o funeral, certo?

Connie parecia surpresa.

— Mirtes — disse Miles, apontando para Mirtes.

Mirtes tentou sorrir de modo gracioso, apesar de ter sido completamente ignorada.

— É ela? — perguntou Connie, em dúvida, inclinando a cabeça. — Onde ela mora?

Mirtes não estava acostumada com pessoas falando a seu respeito como se ela não estivesse presente. O sorriso forçado se tornou uma careta ao cerrar os dentes. — Moro a poucos metros de distância. Na verdade, foi no meu jardim que seu filho morreu de modo tão prematuro.

Uma centelha de interesse finalmente brilhou nos olhos de Connie. — Por acaso você viu alguma coisa? Naquela noite, quero dizer? Ou ouviu algo?

Mirtes se amaldiçoou pela vigésima vez por ter tido um lapso de acuidade tão incomum na noite do assassinato. — Receio que não. E sinto muito pela sua perda.

Connie fungou, pensando na tragédia. — Obrigada. É muita gentileza da sua parte ser a anfitriã da recepção. — Ela fez uma pausa. — Não tenho certeza de quantas pessoas devem comparecer. Isso torna difícil o planejamento.

— Tenho certeza de que as senhoras da igreja vão trazer comida no dia do funeral. Vai dar tudo certo — disse Miles.

Mirtes se mexeu inquieta. Ela estava pronta para assumir o controle com algumas perguntas. Connie já dominava a conversa há bastante tempo. — Miles ficou bastante surpreso com a presença de Charles na cidade. Você sabia que ele estava em Bradley?

Connie piscou e respondeu rápido: — Sabia. Ele veio me visitar e depois quis rever velhos amigos do ensino médio que ainda moram em Bradley.

Mirtes teve a nítida impressão de que na verdade, Connie não tinha a menor ideia de que o filho estava na cidade. — Onde ele morava antes de voltar para Bradley?

— Ah, em vários lugares — respondeu, com um vago aceno de mão para demonstrar que Charles meio que flutuava no éter.

— Então ele era um vagabundo? — perguntou Mirtes, de modo casual.

— Não! — Connie suspirou ao ouvir a palavra. — Ele era um aventureiro. Charles adorava *viver* intensamente. É por isso que sua morte é uma tragédia.

— Ele era um viajante? — perguntou Miles, parecendo bastante surpreso. — Eu fiz algumas viagens, a maioria relacionadas ao trabalho. Onde ele foi? — Ele se inclinou no sofá, olhando com atenção para a tia. Seu tom de voz não era nem um pouco sarcástico. Ele não podia estar acreditando na história fantástica de Connie, podia? Ou será que estava um pouco embriagado?

— Charles era um jovem muito independente. E não achava necessário discutir todas as suas viagens com a mãe.

O que significava que as tais viagens provavelmente estavam limitadas à Carolina do Norte.

— Em que ramo Charles atuava? — perguntou Mirtes, em seu tom mais doce. — Os negócios o trouxeram a Bradley ou a viagem foi apenas para visitá-la e rever e os amigos?

Connie apertou os lábios finos. Miles tomou outro bom gole de vinho e continuou se esquecendo de oferecer um pouco da bebida à tia. Aquilo foi um lapso impressionante para Miles e outro sinal de como estava abalado com os acontecimentos do dia.

— Charles era um empresário. Trabalhava com empresas iniciantes. Coisas inovadoras demais para entendermos.

Em outras palavras, era um desempregado crônico e constantemente pedia a conhecidos que investissem dinheiro em diversas operações duvidosas.

— Então ele poderia estar na cidade para angariar apoio para uma nova oportunidade de negócio? — perguntou Mirtes.

Connie não deu uma resposta rápida dessa vez. Houve, na verdade, uma nítida hesitação antes de dizer: — Esqueceu? Eu disse que ele estava na cidade para me visitar e rever amigos.

— Faz ideia do motivo pelo qual ele veio me ver tão tarde da noite? — perguntou Miles.

Connie ergueu as sobrancelhas desenhadas a lápis. — Ele estava vindo falar com você, Miles? Eu não sabia disso. — Ela olhou para Miles desconfiada.

— Bem, ele nunca me *disse* que estava vindo me visitar. Na verdade, eu não tinha ideia de que ele estava na cidade. Parecia muito tarde para uma visita — disse Miles, tentando retificar a situação.

— Talvez ele estivesse vindo me ver — disse Mirtes, dando de ombros. — Afinal, ele estava no meu jardim, Miles, não no seu.

— Por que diabos ele viria vê-la? — perguntou Connie com uma risada curta. — Não, ele provavelmente estava vindo visitar Miles. Pode ter se dado conta de que estava neglicenciando o primo.

Mirtes e Miles não ressaltaram que era um momento muito estranho para chegar àquela conclusão.

— Ele lhe contou se estava vindo se encontrar com alguém em particular aqui em Bradley? — perguntou Mirtes.

— Não. Fazia algumas semanas que eu não falava com Charles.

— Pensei que tivesse dito que Charles tinha vindo lhe visitar antes de ser assassinado — disse Mirtes, intrigada.

Connie enrubesceu. — É claro que ele estava planejando passar por aqui. Mas as circunstâncias obviamente tornaram isso impossível. — Ela fungou novamente e parecia que o sistema hidráulico estava em ameaça iminente de ligar outra vez. — Meu pobre Charles! Incompreendido e levado para o céu no auge da vida! — Connie olhou para o teto como se procurasse por respostas. — Eu me pergunto se algum dia saberei o que realmente aconteceu. Talvez eu devesse oferecer uma recompensa por informações relacionadas ao assassinato. É horrível não saber o que *aconteceu.* — Ela vasculhou a carteira de couro envernizado, pegou um lenço de papel e assoou o nariz com força.

Foi nesse momento que Mirtes decidiu que deveria dar uma olhada no presunto. Não havia como obter mais informações de tia Connie. Ao sair, viu Miles, com uma expressão apreensiva, observar a tia fazer drama sobre como Charles sempre foi um bom menino enquanto vasculhava a enorme carteira em busca de fotos.

Mirtes estava tão ansiosa para escapar da casa de Miles e da infeliz predileção da tia pela adoração ao filho que esqueceu completamente de sua inimiga. Naturalmente, Erma Sherman não tinha se esquecido *dela* e quando a viu, já era tarde demais.

— Mirtes! — disse Erma, com satisfação. — Eu a vi entrando na casa de Miles, mas imaginei que ficaria lá por mais tempo. Eu sei como é quando se encontram. Embora eu ainda insista em dizer que está colocando sua vida em risco apenas em estar perto de Miles.

— Desculpe, Erma, tenho que voltar correndo para casa. Preciso deixar tudo pronto para a recepção do funeral de amanhã.

Mirtes mordeu a língua rebelde com força quando Erma disse: — Você vai ser a anfitriã da recepção? Perfeito! É claro que estarei lá! Tenho que apoiar minha vizinha. Como está Miles? Considerando que é o responsável pelo crime.

— Miles não é culpado e ele e Charles não eram próximos, então ele não está arrasado. — Ela procurou as chaves na carteira, que aparentemente estavam determinadas a escapar de seus dedos desesperados.

Erma farejou o ar com seu olfato bem desenvolvido. — Estou sentindo cheiro de queimado? Sim! Sim, tem algo queimando. Você não deixou nada no fogão, deixou? — Ela olhou boquiaberta para a casa de Mirtes e recuou um pouco, como se estivesse preocupada com a possibilidade do lugar explodir.

Capítulo Nove

Mirtes finalmente encontrou as chaves, e abriu a porta. A casa estava envolvida em uma névoa de fumaça. Espraguejou e correu para a cozinha.

Erma tinha um lenço sobre o nariz e gritou: — Mirtes! O que quer que esteja tentando recuperar, deixe! Não vale a pena! Salve a sua vida!

Não era como se a casa estivesse pegando fogo, mas o presunto não estava assando como deveria. Ela puxou a porta do forno e nuvens de fumaça saíram. O que tinha acontecido para aquela coisa queimar? Só estava lá há algumas horas e nem deveria estar cozido ainda. Mirtes franziu a testa, pegou o presunto e desligou o forno.

Quando se virou para dizer que tudo estava sob controle, Erma já tinha ido embora. Mirtes teve uma sensação de que aquilo pudesse significar problemas.

Em seguida, observou o presunto. Poderia ser recuperado? Parecia que por algum motivo a cobertura havia queimado. E se removesse a cobertura e depois fatiasse o presunto? Hesitou por um momento, depois se aproximou e o examinou. Parecia bem seco e cheirava a fumaça. Mas não havia presunto defumado? As

pessoas estavam sempre babando por causa de presunto defumado, não é mesmo?

Para seu horror, viu Red irromper pela porta da frente seguido por Erma, boquiaberta.

— Mamãe! — exclamou. — O forno está pegando fogo? Saia de casa!

— Não tem fogo! Apenas fumaça.

— Onde há fumaça, geralmente há fogo — disse Red,
abrindo a porta do forno para se certificar e tossiu. — Esta fumaça também não pode ser boa para a senhora. — Red destrancou as janelas e levantou-as o mais alto que conseguiu. — A senhora não tem um ventilador? Talvez ajude a espalhar um pouco
da fumaça — disse e saiu da cozinha para vascular a casa.

Mirtes olhou irritada para Erma. — Precisava ter ido
chamar Red? Ele já pensa que sou incompetente.

— Não se pode brincar com fogo. O fogo é mortal!

Mirtes olhou séria pra Erma. Em seguida, seria orientada a
não brincar com fósforos e receber orientações sobre como evitar incêndios florestais. Embora imaginar Erma com a roupa do
Urso Smoky fosse uma boa diversão.

Mas Erma continuou com o sermão: — São atitudes
perigosas como essas que fazem com que viver em lares de idosos
pareça mais tranquilo e seguro.

— Amém para isso! — disse Red, ligando um ventilador. —
O que a senhora estava fazendo, mamãe?

— Estava assando um presunto para a recepção do funeral
de amanhã — explicou Mirtes, irritada. — Acho que um pouco
da cobertura deve ter queimado no fundo do tabuleiro.

Erma olhou para o presunto. — Acho que não. Parece que a cobertura *do* presunto queimou. Só deve assar por uns quinze minutos. Quanto tempo você deixou no forno?

Mirtes fez uma pausa. — Quinze minutos.

— Impossível! — disse Red, examinando o presunto como se estivesse tentando fazer uma investigação forense. — Esse presunto ficou no forno no mínimo uma hora ou mais. Está todo ressecado.

— Tenho certeza de que foram quinze minutos. — Mirtes foi abençoada com a capacidade de mentir de forma convincente.

Erma no entanto, estava balançando a cabeça. — Mirtes, você ficou na casa de Miles por pelo menos uma hora. Talvez duas. Embora eu saiba que você perde a noção do tempo quando está visitando ele, então talvez não tenha percebido quanto tempo se passou.

Mirtes revirou os olhos e Red parecia esconder um sorriso.

— Bem, de qualquer forma, o presunto está torrado, mamãe. É melhor pensar em outras opções para a recepção.

— Este presunto vai servir muito bem. Está perfeitamente defumado. Vou apenas cortar a área caramelizada e servir com biscoitos. E bastante mostarda picante.

— Não importa quanta mostarda picante coloque nesses enroladinhos de presunto, mamãe. Ainda vão ficar totalmente secos.

— Talvez possa usá-lo como bacon — disse Erma, dando sua risada estridente. — Deve estar bem crocante.

— Vamos jogar isso fora, mamãe. Então a senhora pode pensar em outra coisa para a recepção. — Red abriu a geladeira e observou por alguns segundos. — Parece que tem uma ótima variedade de queijos extra-picantes aqui.

— Era o dia do cupom triplo — explicou Mirtes.

— A senhora poderia fatiar esses queijos e servir com alguns biscoitos. Seria algo apropriado. De qualquer forma, tenho certeza de que as senhoras da igreja vão trazer bastante comida.

Mirtes calçou as luvas de forno e segurou o tabuleiro com o presunto. Em seguida, pegou um rolo de papel alumínio, embrulhou o presunto com muito cuidado e colocou na geladeira. Red e Erma a observaram e Red balançou a cabeça, incrédulo.

— Na minha opinião, servir queijos e biscoitos é ótimo para um jogo de dados ou para uma festa infantil. Mas tenho certeza de que presunto é um requisito absoluto para recepções fúnebres por aqui. Vou servir esse presunto e vai ficar tudo bem, você vai ver.

— Como chefe de polícia da cidade, não serei conivente com o fato de a senhora matar metade da cidade em uma recepção. Se quiser que alguém faça enroladinhos de presunto, tenho certeza de que Elaine não se importaria se a senhora cuidasse de Jack enquanto ela cozinha. Ou pode pedir para Puddin fazê-los.

— Puddin! — repetiu Mirtes, como se a palavra fosse azeda.

— Claro — Red ergueu a sobrancelha. — Não sabia que Puddin é um ótima cozinheira sulista? As pessoas comentam o tempo todo. E até a contratam quando dão festas.

Mirtes não sabia se era mais irritante Puddin nunca ter mencionado que sabia cozinhar ou o fato de estar na praia e completamente inacessível.

— Puddin está fora da cidade — disse, e hesitou por um segundo. — Acha que Elaine se importaria em me ajudar?

Red suspirou alíviado. — Qualquer coisa para que a senhora não sirva aquele presunto amanhã.

— Provavelmente darei alguns pedaços para Pasha. Como petiscos.

Red balançou a cabeça. — Achei que gostasse daquela gata, mamãe. Não dê a ela o presunto carbonizado. Vou falar com Elaine, mas acredito que não que seja um problema.

Erma, que estava boquiaberta, deu um pulo. — Esqueci que preciso correr até a farmácia para pegar minha receita para o fungo do dedão do pé. — E saiu correndo enquanto Mirtes estremecia.

Red ainda parecia distraído, o que sempre significava que era um bom momento para fazer perguntas. — Como vai o caso? Já identificaram algum suspeito?

— Alguns. Charles Clayborne pode não ter vivido em Bradley, mas com certeza sabia fazer inimigos — respondeu Red, se inclinando para espalhar a fumaça do forno com uma tábua de cortar.

Mirtes pensou que seria mais seguro fingir falta de curiosidade e repetir o que ela já sabia: — Aquele jogador de pôquer? Parece que ele conseguiu irritar o homem.

— Sim, Lee, por exemplo. Aparentemente Charles era muito astuto e isso se estendia ao jogo de cartas. Acho que o cara era um mau-caráter, sempre tentando trapacear e conseguir dinheiro de todas as maneira possíveis. Sei que ele era primo de Miles, mas não era um cara legal.

— Não se preocupe em ofender Miles. Ele não suportava o homem e também não gosta da mãe.

— Sim, e entendo perfeitamente. Tive que falar com Connie Clayborne e mal pude esperar para que a conversa terminasse. Ela não parava de falar sobre o filho, tentando me mostrar fotos e dizendo como era um jovem bom e honesto. Um monte de bobagens. Eu não conseguia decidir se ela estava tentando me convencer ou tentando se convencer de quão perfeito era o filho.

— Então, presumo que ele também incomodou outras pessoas na cidade? — perguntou Mirtes, em tom casual, pois queria descobrir o que Red sabia sem fazê-lo se calar de modo repentino. A abordagem de alta pressão não funcionava com ele.

— Ele veio fazer algo ilegal, isso é certo. Estava tentando dar um golpe, algum tipo de fraude ou esquema de pirâmide. Talvez alguém tenha mordido a isca e quando mudaram de ideia, Charles não devolveu o dinheiro. Então ele foi atrás da esposa de alguém e o marido não gostou. Sabe-se lá o que mais ele estava fazendo. — Red balançou a cabeça. — De certa forma, foi bom ele ter sido assassinado, pois se tivesse ficado na cidade eu teria que contratar mais policiais.

Parecia que Red não sabia sobre o envolvimento de Charles com o dentista. A menos, é claro, que o dentista fosse quem quisesse recuperar o dinheiro. Mas o Dr. Bass parecia ter muito dinheiro e bom senso, então era difícil acreditar que tivesse sido enganado por um esquema de pirâmide.

— Como vai o novo hobby de Elaine? — Mirtes mudou de assunto.

Red relaxou, fechando a porta do forno e colocando a tábua de cortar no lugar. — Até que esse hobby não é tão ruim. Com a tecnologia digital, ela só imprime as fotos que ficaram boas. É ótimo para iniciantes. Não parece tão ruim como quando ela estava pintando, e as tintas e telas ficavam espalhadas por toda a casa.

E obras de arte ruins também ficavam espalhadas por toda a casa. Obras de arte que Red e Mirtes se sentiam pressionadas a elogiar. Os dois trocaram um olhar.

— Ela está muito motivada com a fotografia; — Red parecia orgulhoso. — Elaine até levou Jack outro dia e tirou algumas fotos no centro da cidade. E me contou que Sloan Jones está falando sobre usar suas fotos no jornal. Isso a inspirou ainda mais.

— Que bom! Eu vou... uh... bem, vou ligar para ela depois para falar sobre os enroladinhos de presunto. — E para lembrá-la de tirar fotos ampliadas no funeral, caso deixe escapar algum detalhe — pensou Mirtes.

O problema era que uma morte violenta em uma cidade pequena fazia todos comparecerem ao funeral. Mirtes tinha certeza de que a maioria das pessoas presentes na cerimônia fúnebre não conhecia Charles Clayborne. Estariam lá para bisbilhotar e descobrir mais detalhes sobre o assassinato. Infelizmente, a pessoa de quem queriam obter essa informação era a própria Mirtes.

— Foi horrível? — perguntou uma mulher em voz baixa. — Consegue dormir à noite, sabendo que havia um cadáver no seu jardim? Isso me dá arrepios só de pensar!

Várias outras pessoas se reuniram para ouvir o que Mirtes diria. Embora não se importasse de ser o centro das atenções, desta vez ela estava impedida de ver o que estava acontecendo ao seu redor e queria ouvir os burburinhos do serviço pós-funeral.

— De jeito nenhum. Cadáveres não me mantêm acordada à noite. Embora o fato de haver um assassino à solta me dê algumas horas de insônia. Acredito que você também se sinta assim. Agora, se me der licença...

Infelizmente, ninguém entendeu a deixa.

— O que você fez quando o viu no jardim? — perguntou outra mulher. — Gritou? Eu teria gritado até a polícia aparecer.

Red estava parado a alguns metros e lhe lançava um olhar divertido diante de sua crescente frustração. Obviamente, ele estava fazendo um trabalho melhor do que ela examinando a multidão em busca de pessoas de aparência suspeita E o tenente Perkins, da polícia estadual, estava do outro lado, observando todos na direção oposta.

As coisas foram de mal a pior quando Erma Sherman apareceu. — Sabiam que Mirtes será a anfitriã da recepção do funeral? Isso não é ótimo! Vou me certificar de que todos saibam.

Todos? Mas a cidade inteira estava ali! Mirtes só queria que as pessoas próximas a Charles aparecessem. Precisava de suspeitos, não de todos os cidadãos intrometidos da cidade.

O serviço em si foi um fracasso no que diz respeito à informação. Connie permaneceu sentada em um silêncio durante o breve serviço religioso. Ela se absteve de desmoronar e de compartilhar fotos com outras pessoas sob a tenda da funerária. Miles se sentou com relutância ao lado da tia, por insistência dela. As pessoas que não perceberam que Miles estava de alguma forma ligado a Charles e Connie ergueram as sobrancelhas. Fora isso, não houve nada interessante. Miles esperava que seu dentista, Dr. Bass, estivesse lá, mas ele não estava à vista. E nem Lee Woosley. Resumindo, seus dois suspeitos não estavam presentes.

Pouco antes do final do funeral, ela teve um vislumbre de Annette Dawson, a enfermeira com quem Charles supostamente estava namorando logo depois de chegar à cidade. Na verdade, Annette parecia mais abalada do que Connie. A maquiagem estava manchada formando grandes círculos ao redor dos olhos, e ela continuou tentando removê-las com um lenço de papel antes de voltar a chorar, fazendo mais rímel escorrer pelo rosto. A língua das fofoqueiras deviam estar coçando. Metade dos presentes assistia à demonstração de amor não correspondido, como se fosse uma novela da vida real.

Outra pessoa que parecia bem triste era Peggy Neighbors, a filha de Lee Woosley. Mirtes ficou intrigada ao perceber aquilo. Lee não tinha dito que Peggy estava começando a namorar o Dr. Bass? Então por que estava tão chateada com a morte de Charles Clayborne?

Mas assim que o serviço religioso terminou, Mirtes se tornou a atração principal, para seu aborrecimento. Qualquer outra coisa interessante que estivesse acontecendo estava fora da esfera do bando de intrometidos que se aglomeravam ao seu redor.

— Tenho que voltar para casa e servir a comida. — Se apressou em dizer, antes que alguém pudesse fazer perguntas. Agarrou a bengala, pensando seriamente em usá-la para abrir caminho e escapar do grupo de olhares boquiabertos. Felizmente, a multidão se dispersou e Mirtes conseguiu sair do cemitério.

Elaine era sua carona. Mirtes abriu a porta do passageiro e entrou aliviada. — Bando de galinhas cacarejantes — murmurou.

— O que disse? — perguntou Elaine, ainda com a câmera apontada para os presentes no funeral.

— Nada. Apenas o típico grupo de velhinhas que se espera ver em qualquer reunião em Bradley. Eu não conseguia fugir delas! — Mirtes se virou e olhou para o banco de trás, sorrindo para o neto. — Oi, Jack! Nos divertimos brincando hoje de manhã, não foi?

— Jack me contou que brincaram de caminhão enquanto eu preparava os enroladinhos de presunto. Estou surpresa que tenha conseguido se levantar do chão depois dele passar brinquedos no seu corpo por mais de uma hora. Eu geralmente tenho que me apoiar na mesa de centro para levantar.

— Ah, eram caminhões especiais. Caminhões de estrada. E tinham a capacidade de subir e descer apenas no sofá.

— Muito inteligente! — disse Elaine. — Terei que me lembrar disso na próxima vez que brincar com ele.

— Obrigada mais uma vez por fazer aqueles enroladinhos — disse Mirtes, fazendo uma careta. — Eu provavelmente teria sido jogada em um trem e expulsa da cidade se não servisse enroladinhos de presunto. Quem podia imaginar o quanto Bradley é louca por presunto em funerais?

— Imagina. Eu estava mesmo pensando em cozinhar algo para Miles, então talvez possamos dizer que fizemos juntas.

— Conseguiu alguma foto interessante? O que viu?

Elaine largou a câmera e ligou o carro. — Não tenho muita certeza do que consegui. A maior parte das fotos é da multidão. Então talvez tenhamos que ampliá-las mais tarde. Tirei algumas fotos de Annette Dawson, porque não consegui entender por que ela estava tão abalada com a morte de Charles.

— Ah, os dois estavam tendo algum tipo de caso ou algo do tipo. — Mirtes deixou escapar.

Elaine lançou um olhar assustado. — Como a senhora sempre sabe o que está acontecendo?

— Tenho minhas fontes. Então, mais alguma coisa? Esperava que você conseguisse algo bom, porque fui surpreendida por todas as velhinhas no final do funeral e não consegui ver o que estava acontecendo.

— Sim, consegui uma coisa interessante. Havia uma mulher de aparência estranha. E ela estava observando tudo com muita atenção. Eu juro, era como se os olhos dela estivessem queimando as pessoas.

Outro suspeito? Mirtes sentiu o coração acelerar. — O que a fazia ter uma aparência estranha? Como era essa mulher?

— Era magra demais e tinha uma aparência meio desleixada. Nunca vi ninguém parecida com ela. Também não creio que tivesse todos os dentes. A pele era meio amarelada. Eu podia dizer que Red também estava de olho nela.

Mirtes suspirou. — Ah, é apenas Wanda. Aquela médium que mora na velha estrada na saída da cidade. Ela é parente de Charles e acho que estava prestando homenagens.

— Um parente! — Elaine estacionou na entrada da garagem de Mirtes e olhou para ela. — Então ela também é parente de Miles. Acho que nunca vi pessoas tão diferentes.

— Eu me pergunto se ela vai à recepção — disse Mirtes, com um suspiro. Era uma perspectiva sombria. — Estarei ocupada tentando descobrir quem parece um suspeito em potencial. Espero que o assassino vá até a minha casa.

— Se alguém tivesse me dito isso, eu teria pensado que estavam loucos, mas vindo de você, Mirtes, quase faz sentido. A propósito, coloquei os enroladinhos de presunto na geladeira. Até sabe me juntaria a vocês, mas acho que Jack está pronto para um momento de silêncio. Nos vemos mais tarde.

Mirtes ficou ocupada por alguns minutos, se certificando de que o minúsculo banheiro do corredor estava limpo, que a cozinha estava arrumada e que a comida estava servida. Mal tinha terminado quando ouviu uma batida na porta. Quando abriu, viu o que parecia ser a maior parte da cidade de Bradley.

Erma Sherman liderava o grupo. — Sabia que todas essas pessoas queriam passar por aqui e prestar homenagens? — perguntou com um sorriso enquanto abria caminho pela porta.

— Tive minhas suspeitas depois que você anunciou a recepção durante o funeral — disse Mirtes, com um olhar que passou completamente despercebido.

A fila de pessoas se estendia da mesa da sala de jantar até a rua. Mirtes teve a sensação de que quando as pessoas na rua chegassem à mesa, não sobrariam nem migalhas. Tudo isso a fez ficar de mau-humor.

Red, apesar de dizer que não iria à recepção, passou alguns minutos ali com o tenente Perkins, da polícia estadual. — Mamãe — disse, baixinho. — O que todas essas pessoas estão fazendo aqui? A senhora tem um open bar ou algo semelhante?

— A Srta. Erma Loudmouth contou a todos na cerimônia que eu estava organizando a recepção na minha casa. Acho que todos queriam comida de graça.

— Achei que as pessoas nesta cidade já teriam percebido que a senhora não é exatamente a Julia Child de Bradley. Devem imaginar que todas as avós são cozinheiras fantásticas.

Estava na hora de Red voltar para casa. E felizmente, ele foi embora, porque desta vez Mirtes não teve uma resposta inteligente. O incidente do presunto a deixou sem munição.

O problema de ter tantas pessoas em sua pequena casa, bem, esse era apenas um dos problemas, é que era difícil controlar todos. Mirtes observou as pessoas esperando do lado de fora para entrar. Elas pareciam bastante fascinadas pela coleção de gnomos. Se ao menos o gnomo viking ainda estivesse no jardim!

Connie demorou a sair do cemitério e foi uma das últimas pessoas a chegar. Assim que viu a mulher, Mirtes saiu para recebê-la e a levou para dentro. Alguém como Connie poderia ser útil para descobrir suspeitos. Ela elogiou tanto o filho assassinado que a expressão de um suspeito provavelmente demonstraria extremo desgosto enquanto ela tecia elogios a Charles.

— Achei que o serviço religioso correu muito bem — disse Mirtes, sem saber como elogiar um funeral.

Connie assentiu com lágrimas nos olhos e depois olhou para a multidão ao redor. — Não é uma homenagem tão maravilhosa? Tantas pessoas vieram homenagear a memória de Charles. Isso realmente mostra o tipo de homem que ele era.

Mirtes suspeitava que aquilo tivesse mais a ver com comida de graça.

Assim que Connie se instalou no sofá e alguém lhe trouxe um prato de comida, Mirtes estava pronta para se aproximar da cozinha para ver se alguém estava olhando com interesse diabólico para o pequeno memorial que ela havia feito, mas foi emboscada no caminho.

— Mirtes! — chamou a Sra. Babbitt, lhe agarrando braço com as mãos semelhantes a garras. — Esses enroladinhos de presunto são absolutamente deliciosos! Quem fez?

A Sra. Babbitt e a amiga, a Sra. Cromley, esperaram a resposta com ávido interesse. Elas participaram de vários comitês da igreja durante anos e achavam que Mirtes não era uma boa cozinheira.

— Fui eu que fiz. Todos eles — respondeu Mirtes, com firmeza. De repente sentiu como se estivesse sendo observada e se virou para ver Wanda atrás dela. A médium a ouviu reivindicar o presunto, ergueu as sobrancelhas e balançou a cabeça.

Foi tudo irritante demais. Especialmente porque parecia não estar recebendo nenhum elogio sobre o outro prato que preparou, já que a comida das senhoras da igreja tinha acabado.

Mirtes não conseguia dar mais de dois passos sem parar. As pessoas estavam amontoadas em cada centímetro quadrado de sua casa. Bradley era uma cidade pequena, mas quando todos estavam reunidos em um só lugar, parecia uma multidão.

Ouviu uma voz masculina irritante atrás dela, mas demorou quase um minuto para conseguir mudar de direção para ver quem estava falando e com quem. Era Silas Dawson, que não estava vestido como alguém que planejava ir a um funeral. Usava o que pareciam ser roupas de jardinagem, com manchas de grama, e parecia que ainda não tinha feito a barba. E estava totalmente focado na esposa, Annette, a enfermeira com quem Charles supostamente estava tendo um caso, ainda estava com os olhos marejados como no funeral. Ela estava com as mãos nos quadris e seu temperamento parecia estar saindo do controle.

— O que está fazendo aqui? Não sabe que a cidade inteira está olhando para você e rindo de mim? O cara está morto e o caso de vocês acabou antes mesmo de ele morrer, então não adianta vir aqui e fazer papel de boba na frente de todo mundo — disse ele, com os olhos semicerrados.

— Há razão para isso — disse Annette, erguendo o queixo.

— Estou prestando minhas condolências. Quer você goste ou não, Silas, eu tinha sentimentos por Charles.

Silas deu uma risada amarga. — Sentimentos? Por aquele cara? O que está pensando? Que se ele estivesse vivo, vocês teriam se casado e levado uma vidinha feliz em algum lugar? Acorde, Annette. Ele só queria se divertir. Charles Clayborne teria terminado com você em algumas semanas se não tivesse sido assassinado.

— Como pode ter certeza? — sibilou Annette. — Por que não vai embora? Quem está chamando a atenção é você, não eu. Você acabou de entrar aqui com roupas de jardinagem e começou a gritar comigo. Se deseja tanto se manter discreto, por que não vai embora? Irei para casa assim que terminar de prestar minha homenagem.

O olhar de Silas percorreu a sala enquanto Annette falava, até pousar em Mirtes. Ele enrubesceu com raiva, se virou e saiu de casa, empurrando as pessoas.

Mirtes se virou para continuar a caminhada até a cozinha e esbarrou em Miles, que tinha uma expressão sofrida no rosto. — Sério, Mirtes, às vezes você vai longe demais.

Ela ainda estava pensando na cena que tinha acabado de presenciar entre Silas e Annette. — O quê? Ah, está se referindo à comida? Eu queria ter certeza de que haveria comida suficiente. Embora eu esteja começando a duvidar. Viu que a fila vai até a calçada da rua? Talvez eu tenha que fazer um pouco de pipoca.

Ambos se viraram e olharam pela porta da frente, que estava aberta para acomodar a multidão. Ainda havia uma longa fila até a rua com algumas pessoas, agora empoleiradas em cima dos gnomos para descansar enquanto esperavam, pés e pernas engolfados pela grama alta.

Mirtes franziu a testa. — Algumas dessas pessoas parecem um pouco pesadas para sentar sobre meus gnomos. Espero que não os quebrem. Já tive um gnomo levado pela equipe forense e não quero perder outros.

— Não, Mirtes, não estou falando sobre comida. Estou falando do pequeno memorial no jardim.

— O que tem o memorial? Eu disse que faria isso como ponto principal para a recepção. — Ela baixou a voz. — Queria observar a reação das pessoas, mas tem tanta gente aqui que não consigo nem chegar na cozinha para observar nada.

— Sim, você me disse que faria um pequeno memorial. Mas pensei que faria algo de bom gosto.

— E fiz algo de bom gosto, Miles. Do que você está falando?

— Estou falando sobre o que você fez lá fora. *Não* é de bom gosto, Mirtes. Não tenho certeza em qual universo alternativo seria considerado de bom gosto, mas com certeza não é este. Só espero que minha tia não veja ou ela vai começar a fazer uma cena. —Miles fez uma careta ao pensar naquela possibilidade.

— O que há de errado com algumas flores espalhadas pelo chão? — Mirtes colocou as mãos nos quadris, esbarrando em algumas pessoas com os cotovelos.

— Flores? Bem, *acho* que havia flores por lá. Foi meio difícil vê-las considerando a reconstituição que você criou.

— Reconstituição? O quê?

Miles suspirou. — O corpo. O corpo que você colocou lá como uma reconstituição. Pelo menos foi isso que eu disse a todos que me perguntaram. Parece uma explicação melhor do que dizer que você perdeu a cabeça.

Mirtes ficou calada por um segundo. — Miles, eu não coloquei um corpo lá fora. Não para uma reconstituição e nem por qualquer outro motivo. Coloquei apenas algumas flores.

Capítulo Dez

Miles e Mirtes se entreolharam.

— Não encheu um terno masculino e colocou um boneco lá fora? — perguntou Miles, com a voz instável.

Mirtes negou com a cabeça.

— Não pediu a alguém que se voluntariasse para se fingir de corpo a fim de reconstituir a trágica noite em que o primo Charles morreu?

Mirtes negou com a cabeça.

Miles respirou fundo. — Então esta recepção acabou. Vou chamar Red. Enquanto isso você garante que ninguém vá até lá e mexa na cena do crime. — Ele saiu correndo pela porta da frente, era mais uma espécie de giro e empurrão, e Mirtes foi para o quintal, fechando a porta atrás de si. Jamais sonharia em mexer na cena do crime, pelo menos, não desta vez, mas queria dar uma olhada mais de perto.

Era Lee Woosley, o faz-tudo. Pelo visto ele não terminaria os reparos. O homem parecia ter sido atingido na nuca pela pá que Dusty havia esquecido no jardim e caiu de cara em cima do memorial. Como alguém pensou que isso poderia ser uma reconstituição do assassinato de Charles era inconcebível. Pelo menos, desta vez, não havia nenhum gnomo viking em evidência.

O que ele estava fazendo ali? E o que o assassino estava fazendo outra vez no jardim? E como Mirtes continuaria olhando o jardim sentindo a emoção das lembranças da época que Red e os amigos jogavam kickball ali?

Red chegaria em segundos, dando a volta pela lateral do lado de fora, sem se preocupar em abrir caminho pela casa lotada. Mirtes se inclinou e olhou para o chão. Não havia sinal de pegadas no solo seco. Não havia nenhuma evidência deixada pelo assassino. Uma carteira com o documento de identidade teria sido útil. Lee não parecia estar segurando um bilhete com o horário da recepção. Isso também teria sido útil.

Mas parecia que Lee estava planejando ir ao funeral ou à recepção, ou a ambos. Ele não estava com as roupas habituais de faz-tudo. Estava usando calça social e camisa de botão. E parecia estar deitado em cima de alguma coisa. Mirtes olhou mais de perto e viu que era uma pequena caixa de ferramentas, não a grande, que trouxe quando veio fazer os reparos. E havia algo quase invisível em uma das mãos. Parafusos. Lee voltou para consertar o suporte de plantas para que tudo ficasse perfeito antes da recepção do funeral.

Mirtes colocou as mãos atrás das costas de forma casual ao ouvir uma respiração pesada vindo da lateral da casa. Logo depois, Red apareceu corado e irritado. Miles estava logo atrás dele e todos olharam em silêncio para o homem morto.

— Bem em cima do meu memorial — disse Mirtes, alguns segundos depois.

— Mamãe, não acha que isso está ficando um pouco demais? Dois corpos no seu jardim? Desta vez a senhora ainda tem uma casa cheia de convidados.

— Não é como se eu fosse responsável por isso, Red. Se estivesse, certamente teria escolhido um horário diferente para um corpo aparecer no meu jardim. De preferência quando estou por perto para olhar pela janela e pegar o assassino. — Mirtes ficou muito zangada por não ter percebido o assassinato a poucos metros dela. — Parece que Lee voltou com os parafusos certos para pendurar o suporte de plantas.

Os dois continuavam olhando para Lee quando Miles pigarreou. — Não quero ser agressivo, mas o que vamos fazer em relação à recepção. Me sinto um pouco responsável pelos convidados, considerando a minha ligação com a primeira vítima.

Red coçou o rosto. — Vou ligar para o tenente Perkins e avisar que temos outro corpo. Precisam trazer a equipe forense. Eu deveria conversar com os convidados e descobrir se alguém viu alguma coisa. Embora eu esteja supondo que esse assassinato ocorreu durante o funeral.

De repente, as instruções de Red foram interrompidas por gritos de pânico. Mirtes podia ouvir Pasha rosnando e sibilando dentro de casa. Ela abriu a porta dos fundos e viu a gata se lançando contra Erma Sherman, que gritava: — Saia de cima de mim!

— Deixe Pasha em paz! — disse Mirtes, com o tom firme de professora e estendeu os braços para pegar a gata.

— O que você vai fazer? — perguntou uma voz arrastada vinda de trás e Mirtes se virou para ver Wanda.

— A respeito de quê? — perguntou Mirtes, mas tinha a sensação de que a vidente já sabia.

Wanda ergueu as sobrancelhas, impaciente. — Sobre o corpo. A casa está prestes a se tornar uma cena de crime. O policial não vai pedir para todos saírem? Tem uma multidão aqui e haverá muitos empurrões quando isolarem a casa.

— Como sabe que está prestes a haver uma cena de crime? — perguntou Mirtes, intrigada.

Wanda parecia misteriosa. — Talvez você queira colocar a gata no chão.

Mirtes não podia soltar Pasha na cena do crime, então abriu caminho até seu quarto e trancou a gata lá. Ouviu a voz de Red pedindo a todos que saíssem com calma, de maneira ordenada e fizessem fila na calçada.

Mais gritos interromperam as instruções Red. Pasha continuava rosnando e sibilando no quarto, e Mirtes ficou feliz por Wanda ter lhe avisado para prendê-la. Ela esticou o pescoço para ver quem estava fazendo todo o barulho dessa vez.

Era Peggy Neighbours, a filha de Lee Woosley. Mirtes não a tinha visto e obviamente Red também não, caso contrário já teria afastado a mulher da cena do crime.

— Papai! — Ela soluçou, se apoiando no parapeito da janela dos fundos, como se não confiasse em si mesma para se levantar.

Todos ficaram boquiabertos e se moveram para espiar pela janela o malfadado jardim de Mirtes e os murmúrios ficaram cada vez mais altos.

Red restabeleceu o controle com um grito incisivo: — Saiam todos pela porta da frente *agora*! Vão para a calçada e esperem lá. Agora!

No mesmo instante tudo ficou em silêncio e as pessoas se encaminharam para o jardim da frente. Miles ficou mais atrás.

Mirtes presumiu que Red não incluiu a pobre Peggy nas instruções. E nem a mãe. Afinal, ela era uma octogenária e era ridículo ficar em pé do lado de fora em uma calçada escaldante, em pleno sol, depois de um dia tão exaustivo e estressante. Então ela ficou dentro de casa e caminhou em silêncio até Peggy, colocando um braço em volta dela enquanto olhavam pela janela.

— Sinto muito, Peggy. Seu pai era um bom homem. Na verdade, ele estava me ajudando com alguns reparos na casa.

Peggy fungou e Mirtes pegou uma caixa de lenços de papel. Finalmente, Peggy disse em voz baixa: — Perdi os dois pais. Agora somos só minha filha e eu. Não entendo. Por que alguém mataria o papai? E aqui? O que pode ter acontecido?

Como Peggy parecia estar tentando desvendar o mistério, Mirtes ficou feliz em estar ao lado dela. Principalmente porque Red interromperia a conversa assim que percebesse que a mãe não estava lá fora.

— Peggy, você falou com seu pai hoje? Ele estava no funeral? — Mirtes não se lembrava de ter visto o homem, mas talvez não tivesse percebido a presença dele no meio da multidão.

Peggy engoliu em seco e lutou para conter as emoções. — Conversamos por alguns minutos esta manhã. Ele disse que talvez não pudesse comparecer ao funeral porque precisava resolver algo relacionaod ao trabalho. — Ela fez uma pausa e um olhar horrorizado cruzou seu rosto. — E estávamos discutindo. Ah não! Nossa última conversa foi uma discussão.

— Querida, isso acontece — disse Mirtes, em tom gentil.

— Ele disse que não iria ao funeral, mas que estaria na recepção. — Peggy olhou para Mirtes. — A senhora acha que talvez ele estivesse aqui para terminar o trabalho?

— Acho que sim. A única coisa que ele não fez foi pendurar o suporte de planta. Disse que voltaria com os parafusos certos para prendê-lo. — Ela fez uma pausa. — Seu pai estava tendo problemas com alguém? Brigas? Desentendimentos?

Peggy balançou a cabeça com veêmencia. — De jeito nenhum. Todos o amavam.

— Mas Red me contou que seu pai teve uma discussão com Charles Clayborne.

Agora Peggy parecia evasiva. — Charles Clayborne? — perguntou, como se não se lembrasse do nome.

— Sim. O homem deste funeral — explicou Mirtes, em tom causal. Algo estava errado. Por que Peggy estava agindo como se ela e o pai não conhecessem Charles?

Peggy se apressou em dizer: — Claro. Que bobagem da minha parte. Acho que é o choque. Sim, papai discutiu com ele porque achava que Charles o estava enganando no pôquer. Fora isso, não consigo pensar em nenhum problema com outras pessoas.

Mirtes podia ouvir a voz de Red perto da porta da frente e logo em seguida a porta bateu. Ele estava vindo rápido demais. — Viu seu pai na recepção quando chegou?

Peggy balançou a cabeça. — Não. Estava procurando por ele, para me desculpar pela forma como discutimos ao telefone esta manhã. — A voz dela voltou a tremer enquanto pensava na discussão.

— Sobre o que estavam discutindo? — perguntou Mirtes quando Red entrou correndo pela porta da frente, chamando o nome dela. — Então é isso, Peggy. — Ela mudou de assunto. — Tenho certeza de que não pode ter sido tão ruim quanto está pensando.

— Foi uma coisa *ruim* — disse Peggy, mas parou de falar quando Red se aproximou.

— Mamãe, pensei ter dito para a senhora sair. — A voz de Red estava tensa pelo estresse.

— Achei que você gostaria que eu ficasse com Peggy. — Certamente não pretendia deixá-la no jardim da frente junto com todas aquelas pessoas.

— Posso usar o banheiro? — perguntou Peggy.

— Claro. Fica no final do corredor. Têm toalhas limpas no armário embaixo da pia se quiser se refrescar um pouco. Sei que foi um choque.

— A senhora tem uma aspirina ou algum analgésico? — perguntou, pressionando os dedos contra a testa.

— No armário de remédios — disse Mirtes, enquanto Peggy saía da sala.

Red lançou um olhar severo.

— Bem, o que eu deveria fazer? — Mirtes deu de ombros.

— Já lhe ocorreu que parece haver um assassino rondando a sua casa? — perguntou Red em voz baixa. — Talvez fosse uma boa ideia a senhora ficar ao meu lado.

Mirtes colocou as mãos nos quadris. — E onde exatamente esse assassino estaria escondido? Minha casa não é exatamente uma mansão.

— Embaixo da sua cama.

— Ele teria que afastar quinze caixas para se esconder embaixo da minha cama. Além do mais, não seria bom um lugar para um assassino se esconder.

— Enquanto Peggy está no banheiro, por que não me atualiza? O que ela lhe contou? Disse alguma coisa sobre o que poderia ter acontecido?

Mirtes contou o que sabia, com relutância.

Peggy voltou e Red disse: — Mamãe, tenho que falar com Peggy por alguns minutos. Preciso que a senhora saia e se junte aos seus convidados. O tenente Perkins está falando com eles. Além disso, acho que a equipe forense também pode querer ficar na casa por um tempo.

Não que fossem conseguir boas pistas dentro da casa. Quase todos os habitantes da cidade estavam presentes, deixando seu DNA por todos os lugares. Mirtes pegou a bengala e foi até a porta da frente.

Estar do lada de fora foi mais interessante do que Mirtes imaginou. O tenente Perkins estava ocupado conduzindo breves depoimentos com os convidados, dando tempo para ela conduzir sua própria investigação sem ser questionada.

Mirtes foi imediatamente abordada, como sabia que aconteceria. Em primeiro lugar, as irmãs McKenzie lhe agarraram pelo braço.

— Que coisa horrível! — disse uma das irmãs mais velhas, com os olhos brilhando. — Não consigo acreditar. E não é a segunda vez que aparece um corpo no seu jardim. Que aterrorizante!

— Todos precisamos enfrentar nossas provações peculiares.

— Mirtes já estava se afastando porque, se as relações anteriores com as irmãs servissem de exemplo, eram cheias de drama e poucas informações verdadeiras.

A mais velha das irmãs cravou um pouco mais as unhas no braço de Mirtes, aparentemente para se apoiar, já que perdeu um pouco o equilíbrio. — Eu vi. O corpo. — Uma expressão de satisfação cruzou o rosto da mulher.

— Acho que a maior parte das pessoas viu — disse Mirtes, impaciente. — E acredito que deveríamos nos referir ao corpo como *ele*.

— Estou dizendo que o vi *antes* que todos percebessem que era real — disse a mulher com voz insistente e assim que viu que tinha a atenção de Mirtes, continuou: — Cheguei na sua casa logo depois de você.

— Ouvimos dizer que teria um open bar — interrompeu a irmã.

— O que não era verdade — completou a irmã mais velha, em tom de desaprovação.

Então foi por isso que a cidade inteira compareceu à recepção. Nem tudo havia sido culpa de Erma Sherman. A menos que ela tivesse sido a responsável pelo boato.

— Quando cheguei, olhei um pouco ao redor. Para me orientar e saber onde estavam os sanduíches, onde ficava o lavabo...

— E as bebidas — disse a irmã mais nova com um suspiro de decepção.

— Quando olhei para o jardim, imaginando, é claro, se havia alguma mesa de bebidas lá fora, pensei que você tivesse tido uma ideia bastante incomum. Estamos acostumados com pequenos memoriais. O tempo todo vemos ursinhos de pelúcia, balões, flores e bandeiras para prestar homenagens a uma morte prematura. Mas usar um manequim para representar uma recon-stituição da cena, me pareceu que Mirtes Clover tinha ido longe demais. Lembra de eu ter dito isso, não é, irmã?

— É claro que lembro, irmã!

— Muito bem, resumindo a história, você está dizendo que foi uma das primeiras convidadas a chegar e percebeu que já havia um corpo no jardim?

— Isso mesmo! — A senhora sorriu e fez uma pausa. — É uma informação importante, certo? Acha que o policial estará interessado em saber?

— Acho que ajuda determinar a hora da morte — disse Mirtes, finalmente conseguindo livrar o braço das garras da mul-her. — Eu estava começando a me perguntar se o crime tinha acontecido durante a recepção. Todos estavam tão distraídos se empanturrando de enroladinhos de presunto...

— E procurando o bar — lembrou a irmã mais nova.

— ... que me perguntei se um assassinato poderia ter ocorri-do à vista de todos e ninguém perceber. Mas parece que não foi o que aconteceu — concluiu Mirtes.

— O que eu gostaria de saber — disse a irmã mais velha, com ávido interesse. — É como você descobriu o primeiro cor-po. Quem exatamente era esse Charles Clayborne? E o que ele estava fazendo morto no seu jardim?

— Adoraria poder compartilhar essa informação com vocês, mas é confidencial. Além disso — continuou, ao perceber Wan-da olhando para ela a alguns metros de distância. — Preciso falar com uma pessoa.

— Obrigada por me avisar para não soltar Pasha. Ela teria me cortado em um milhão de pedaços com aquelas garras quando toda a gritaria começou.

Wanda assentiu e sorriu, olhando para os sapatos sujos. Timidez de médium? Ela devia estar se sentindo fora de sua zona de conforto.

— Então você sabia? Viu o corpo pela janela antes de me avisar?

Wanda encolheu os ombros ossudos. — Vi na minha cabeça.

Será que Mirtes algum dia iria se acostumar com essa coisa de vidência? — Se viu a morte antes de acontecer, por que não avisou a polícia? Red teria...

Wanda bufou em desdém. — Red teria me dado um tapinha nas costas e me mandado embora. Diria que eu estava louca ou inventando coisas.

E de fato, era o que ele teria feito.

— Além disso, não vi detalhes. Achei que estava vendo o *outro* corpo. Como uma reprise. Não sabia que era um corpo fresco.

Mirtes olhou ao redor para se certificar de que ninguém estava ao alcance da voz e disse em voz baixa: — Quem você acha que é o assassino? Viu alguma coisa na sua cabeça sobre como esses crimes aconteceram? Alguma figura sombria? Pessoas espreitando em meus arbustos? Uma dica sobre quem possa ter feito isso?

Wanda balançou a cabeça. — Gostaria de saber. Mas não vi nada.

— Tudo bem. Mas você parece uma pessoa bastante perspicaz. — disse Mirtes, um eufemismo, obviamente. — Você estava na recepção e teve mais chances de observar as pessoas do que eu. Percebeu alguma coisa? Viu alguém agindo de forma suspeita? Ouviu alguma conversa que possa nos dar uma pista sobre quem está por trás de tudo isso?

Wanda lançou a Mirtes um olhar misteriosos. — Você está em perigo.

Capítulo Onze

Ah, não! Aquilo outra vez. — Eu sei, mas se eu descobrir quem é o responsável por estas mortes, então não estarei mais em perigo, certo? Você não pode me ajudar?

O apelo pareceu influenciar a mulher e ela suspirou. — Não sei se é algo importante. Mas aquela Peggy... Ela teve um passado com aquele Charles.

— Charles Clayborne? Seu primo? Está dizendo que os dois tinham relacionamento? — Mirtes se lembrou de ter visto Peggy chorando no funeral.

— Sim. E queria continuar envolvida com ele — disse Wanda, em tom frio.

— Mas ela me disse que nem sabia quem era Charles!

— Veio ao funeral dele, não veio? E também chorou a morte do homem.

Aquilo era verdade. — E está dizendo que ela ainda queria voltar com Charles? — Na opinião de Mirtes, os dois pareciam um casal estranho. Charles, por mais esperto que fosse, ainda era um homem bastante atraente. Peggy estava um pouco acima do peso e parecia ter mais de trinta e seis anos.

Wanda assentiu. — Foi o que ouvi. Ela estava tentando retomar o relacionamento e ele não queria ferir os sentimentos dela.

Sentimentos feridos eram compreensíveis. Mas seria suficiente para matar alguém? E a mulher não parecia saber nada a respeito da morte do pai. Era difícil imaginar Peggy sendo responsável pela morte do próprio pai. Seria possível haver mais de um assassino em ação?

Seus pensamentos foram interrompidos pelo tenente Perkins. — Sra. Clover? Posso falar com a senhora por alguns minutos? — Mirtes havia esquecido que era uma pessoa de interesse para a polícia estadual. Quantas vezes era possível ter um corpo no próprio jardim sem chamar a atenção?

O sargento que acompanhava o tenente Perkins virou uma nova página do bloco e olhou para Mirtes com expectativa. O homem tinha uma expressão tão ansiosa no rosto que ela sentiu pena de ter que decepcioná-lo, o que fez quase de imediato. — Tenente Perkins, adoraria poder ajudá-lo, mas sou como aqueles macaquinhos que não viram nem ouviram nada. Sou completamente inútil para a polícia. Pelo que sei, o corpo estava no jardim há horas e eu não tinha a menor ideia de que estava lá.

O tenente Perkins manteve a mesma expressão pensativa, mas viu o rosto do sargento desmoronar.

— Quando a senhora voltou do funeral, não percebeu que havia outra vítima no jardim? — perguntou Perkins.

— Não. No entanto, gostaria de ter percebido — disse Mirtes, deixando transparecer a irritação na voz.

— Parecia haver um pequeno memorial no pátio logo abaixo do local onde a vítima está. Poderia me dizer quando o colocou lá?

— Provavelmente não vai te ajudar muito. Coloquei as flores hoje cedo, logo que amanheceu. É evidente que ele foi assassinado algum tempo depois que as flores foram colocadas, mas eu já sabia que ele ainda estava vivo de manhã. — Mirtes fechou a boca de forma abrupta. A polícia ainda não tinha falado com Peggy Neighbours, e se ela contasse o que sabia, isso a faria parecer intrometida.

Mas o comentário não passou despercebido. — Como sabia que Lee Woosley ainda estava vivo esta manhã? — O sargento estava voltando a ficar animado e colocou o lápis sobre o bloco.

Mirtes suspirou. — Peggy Neighbours, a filha de Lee falou com ele ao telefone esta manhã. Ela me contou há alguns minutos.

Como esperado, o tenente Perkins lhe lançou um olhar de desaprovação. Antes que ele pudesse lhe dar um sermão, Mirtes decidiu que a entrevista estava unilateral demais e precisava virar a mesa. — Parece que alguém bateu na nuca de Lee com uma pá, certo? Poderia ter sido uma mulher?

Perkins parecia estar pensando no quanto devia revelar.

— Não acha que poderiam compartilhar um pouquinho de informação comigo? Afinal, esses assassinatos estão acontecendo no meu jardim. Se eu souber o que você sabem, talvez possa evitar ser a próxima vítima. Conhecimento é poder.

— Em algumas situações, talvez seja — respondeu Perkins. — Não consigo imaginar como isso poderia ajudá-la, mas posso confirmar que o golpe com a pá matou Lee Woosley quase instantaneamente. Parece que ele foi morto durante o funeral, enquanto estava prestes a terminar alguns reparos em sua casa. É provável que nem tenha visto o assassino.

Com certeza não havia muita informação a arrancar do policial. A conversa com Wanda tinha sido mais útil.

— E a morte de Charles Clayborne? Descobriram mais alguma coisa a respeito?

— Apenas que o assassinato ocorreu por volta das 22h30 — respondeu Perkins, em tom seco. — E que infelizmente nenhum dos vizinhos ouviu nada. A senhora disse que estava tomando banho a essa hora. E como sua gata estava inquieta, as pessoas ligaram vários aparelhos para abafar os miados do animal.

— É provável que Pasha estivesse tentando me proteger e o miado era uma espécie de alerta. — O amor selvagem de um animalzinho peludo.

— E agora, Sra. Clover, sugiro que fique fora desta investigação. Há uma pessoa muito perigosa à solta e parece estar bem próxima de sua casa. Se o assassino achar que a senhora está tentando descobrir a identidade dele... — O detetive fez uma pausa sugestiva.

— Tenente, minha preocupação é apenas ficar segura. — E era mesmo, mas não a *única* preocupação. Mirtes viu Miles a observando a vários metros de distância com uma expressão séria. Ele sempre foi capaz de ler seus pensamentos.

Pareceu uma eternidade até que Mirtes pudesse voltar para dentro de casa e quando finalmente entrou, deixou Pasha sair. A gata lhe lançou um olhar de reprovação. Mirtes percebeu que estava exausta quando se sentou no sofá. Ela não tinha certeza se a exaustão se devia mais ao aparecimento de um segundo corpo no jardim ou ao estresse de organizar uma recepção fúnebre para o que acabou sendo a cidade inteira.

Quando a campainha tocou, ela ficou muito tentada a aumentar o volume da televisão e ignorar. — A comida acabou! — gritou, caso fosse um convidado que voltava procurando por algumas sobras. — Não tem mais presunto!

— Estou feliz que tenha sido um sucesso. — A voz de Elaine atravessou a porta da frente.

Mirtes decidiu que Elaine valia a pena o esforço de se levantar para abrir a porta e recebeu a recompensa bônus de uma visita de seu neto. Jack sorriu para ela e lhe entregou uma ambulância.

— É a maneira de Jack dizer *oi* — disse Elaine.

— Acho vou precisar daquela ambulância, considerando o dia que tive hoje. É uma pena que não consigo nem colocar o dedinho do pé no brinquedo.

Depois de se acomodarem na cozinha, Mirtes serviu limonadas para todos. — Estou surpresa que Red esteja deixando você e Jack virem aqui. Ele estava convencido de que minha casa era uma espécie de armadilha mortal com assassinos aparecendo em todas as oportunidades.

— Bem, ele não sabe que estamos aqui — disse Elaine, enquanto pegava um copo de limonada. — Mas não posso dizer que estou surpresa com a opinião dele sobre o assunto. Tem certeza de que não quer ficar conosco por um tempo? Só até o assassino ser capturado. A senhora provavelmente dormiria mais tranquila.

— Não durmo à noite.

— Então, talvez *eu* durma melhor — disse Elaine.

— Além disso, Lee Woosley nem foi assassinado durante a noite.

— Pior ainda. Isso significa que não há um padrão no comportamento, então a senhora está sempre em perigo aqui.

— Não estou preocupada com isso. Mas me reservo o direito de ficar muito preocupada de forma repentina e aceitar sua oferta caso eu ache que Red está guardando boas pistas sobre o caso. Assim tenho mais oportunidades de arrancar essas informações dele.

— Desta vez talvez seja eu quem tenha todas as informações — disse Elaine, parecendo estranhamente presunçosa.

— Ah, é mesmo! As fotos do funeral. Quase tinha esquecido disso.

— E não só isso, mas durante a soneca de Jack eu peguei a câmera e tirei fotos dos convidados enquanto eles esperavam para falar com o tenente Perkins. — Agora Elaine parecia orgulhosa de si mesma.

Mirtes bateu palmas de alegria, estimulando Jack a parar o que estava fazendo e bater palmas também. O menino sorriu e ela retribuiu.

— Posso ver o que conseguiu, Elaine? Quantas fotos você tirou?

Elaine estava procurando a câmera na bolsa. — Cerca de trezentas. A câmera não aguentava mais e tive que parar de fotografar.

— *Trezentas?* — Pareciam muitas fotos, mas afinal foram dois eventos. Mesmo assim, eram fotos demais.

Assim que Mirtes segurou a câmera, percebeu que o processo de olhar as fotos demoraria algum tempo. A pobre Elaine parecia não ter nenhum filtro e clicava em praticamente qualquer coisa que se movesse. E também parecia haver muitas fotos do dedo de Elaine. Mirtes reprimiu um suspiro.

Elaine ainda sorria ansiosa. — Estou gostando muito desse hobby. Na verdade, eu estava me perguntando quando poderei parar de ver isso como um hobby e começar a tratá-lo como uma profissão. Afinal, estou tirando fotos para o jornal.

Elaine parecia empolgada, mas o fato era que Sloan Jones não encontraria tempo além de suas tarefas editoriais, para vasculhar trezentas fotos ruins e escolher algumas para o jornal.

— Só tem um problema — disse Elaine, franzindo as sobrancelhas. — Procurar a foto perfeita. Sempre que me sento para tentar fazer isso, Jack tem uma espécie de radar que dispara e me pede alguma coisa. Tenho que excluir as fotos que não preciso, até porque não tenho mais espaço na memória.

Mirtes respirou fundo e disse: — Gostaria que eu fizesse isso para você? Tudo o que eu quero fazer pelo resto da tarde é ficar sentada na poltrona e relaxar. Posso dar uma olhada nas fotos e anotar todas que parecem melhores. Cada imagem não tem um número atribuído ou algo parecido?

Elaine franziu a testa, preocupada. — Sim. Mas a senhora ia tirar uma soneca, certo? Tenho certeza de que seu plano para a tarde não envolvia analisar fotos em uma câmera. A tela também é bem pequena.

Aquilo podia ser um problema. — Não pode conectar a câmera ao meu computador ou algo assim? Você tem razão, não conseguirei ver nada naquela tela minúscula.

— Mas o computador está na mesa. A senhora não quer ficar sentada à mesa por tanto tempo, não é?

Não necessariamente.

— Que tal se eu trouxer meu notebook e conectá-lo à câmera? Então a senhora pode ficar na poltrona e olhar as fotos. Posso voltar depois que terminar de preparar o jantar, acho que Jack está morrendo de fome. Quer que eu traga alguma comida para a senhora?

Mirtes estava prestes a recusar, mas seu estômago roncou. Ela lembrou que nem sequer teve a oportunidade de comer em sua própria recepção. Na verdade, não tinha comido nada desde o café da manhã. Elaine era uma ótima cozinheira e ouvir a barriga rosnar outra vez.

— Vou considerar isso um sim — disse Elaine, com um sorriso. — E muito obrigada, Mirtes. Eu estava começando a me perguntar se teria que ficar acordada a noite toda olhando as fotos depois que Jack dormisse. Sei que Sloan vai querer as fotos.

Mirtes também as queria.

DEPOIS DE SE DEDICAR à tarefa de examinar as fotos, Mirtes descobriu que não eram tão ruins quanto temia. Sim, havia muitos closes do dedo de Elaine, mas isso importava? Ainda podia se ver a maior parte da cena.

Havia uma excelente foto de Peggy Neighbours chorando no funeral. Lembrou que Peggy ficou chateada com a morte de Charles Clayborne e não com a de seu pai. A foto de Annette Dawson não era tão boa, estava muito borrada, mas ainda era possível ver que Annette tinha uma combinação de tristeza e determinação no rosto.

Parecia haver também algumas fotos suas. Mirtes percebeu que estava com uma expressão muito intrometida em todas as fotos e que seus olhares sutis não eram tão sutis assim.

Ela suspirou e continuou. As fotos do início da recepção mostravam uma fila de pessoas entediadas esperando para entrar na casa. Enquanto permaneciam na fila, as fotos mostravam os convidados mais irritados. Mirtes fez uma careta. Ainda bem que não conseguia ouvir o que estavam dizendo. Em uma das fotos, todos pareciam sombrios, e ela marcou aquela em seu caderno como uma foto interessante para Sloan. Eles poderiam estar reagindo à notícia do assassinato, em vez de se preocupar se sobraria comida ou bebida.

Elaine mudou o controle da câmera quando Miles se aproximou para relatar o assassinato. Havia várias fotos de toda a palma da mão antes de finalmente apontar a câmera para as pessoas.

A reação dos convidados nas fotos mudaram à medida que todos saíam da casa, apresentando vários estágios de confusão, pânico e consternação. Houve muita conversa em pequenos grupos, os carros da polícia chegando e a equipe forense dando a volta até os fundos da casa. Mas não havia nada incomum. Annette Dawson parecia chocada, mas aquilo não era novidade.

Embora Elaine tivesse tirado as fotos de dentro de casa em um dia ensolarado, havia diversas fotos de Wanda olhando diretamente para a câmera. Mirtes estremeceu. Por sorte, Wanda estava trabalhando para o bem e não para as forças do mal.

De repente, Mirtes fez uma pausa. Havia uma foto que mostrava seu dentista, Dr. Bass, parado de lado, olhando atentamente para o procedimento. O que ele estava fazendo ali? O homem não estava no funeral e muito menos na recepção.

Havia também outra foto, tirada dias antes, mostrando o Dr. Bass conversando com Lee Woosley em frente a uma barbearia no centro da cidade. O dentista tinha uma expressão cansada no rosto.

Era hora de descobrir qual era a ligação do Dr. Bass com Charles Clayborne. E por que ele estava conversando com Lee Woosley, agora a vítima de número dois? Mirtes decidiu naquele momento que Miles precisava de uma visita ao dentista. Com uma amiga solidária o acompanhando.

Capítulo Doze

O quê? — Miles reagiu como se Mirtes tivesse sugerido uma viagem a Marte em vez de uma consulta ao dentista.

— Estou propondo que faça uma limpeza dentária, Miles. Os homens são péssimos em agendar consultas para cuidar da saúde e sou uma amiga preocupada.

— Ou intrometida — murmurou Miles.

— Não importa. Quando foi a última vez que fez uma limpeza dentária?

Miles apertou os lábios.

— Faz tempo, não? Será perfeito. Vamos marcar uma consulta com o Dr. Bass e eu irei junto para dar apoio moral.

— Meus dentes são perfeitos. Nunca tive uma cárie. — Miles parecia irredutível.

— Mas não ficarão assim por muito tempo se não fizer uma limpeza. É óbvio que você tem fobia, Miles.

— Tenho todos os meus dentes — disse Miles, enfatizando.

— Pelo amor de Deus. Eu também tenho! Só porque sou velha não significa que uso dentadura. Que preconceito da sua parte, Miles. — A maioria dos dentes de Mirtes tinha obturações, mas Miles não precisava saber disso. Tudo se devia ao fato de a água não conter flúor durante a sua dentição.

Miles gemeu. — Vejo que não vou escapar dessa. No entanto, prefiro não ir ao seu dentista. Não está suspeitando dele? Parece um tanto insensato da minha parte me colocar em perigo.

— Ele é um excelente profissional. Além disso, é o único dentista da cidade.

— Eu tenho carro. Posso dirigir até outra cidade para consultar um dentista em outro lugar.

— Não precisa esfregue na minha cara o fato de ser motorizado, Miles. E não faz sentido consultar outro dentista, porque estamos fazendo isso para descobrir qual era a ligação do Dr. Bass com Charles Clayborne.

— Achei que o motivo da consuta era a preocupação com minha saúde bucal.

— Estamos matando dois coelhos com uma cajadada só. Além disso, acho que você me deve um favor.

— Por...? — Miles franziu a testa, intrigado.

— Organizar uma recepção adorável para o funeral do seu primo, é óbvio.

— Foi adorável? — Miles semicerrou os olhos em dúvida. — Pelo que me lembro, a recepção terminou de forma abrupta com um cadáver no local.

— Isso estava fora do meu alcance. Eu não tinha ideia de que havia um corpo no jardim minha casa — disse Mirtes, em tom severo, enquanto tirava um pequeno caderno da bolsa. — Aqui está o número do consultório. — Mirtes observou Miles caminhar até o telefone com relutância e marcar a consulta para a manhã seguinte.

Miles suspirou ao desligar o telefone. — Está feito. Por que suspeita mesmo que o dentista tenha algo a ver com tudo isso?

— Você se lembra que eu lhe contei sobre o novo hobby de Elaine?

Miles estremeceu. — Sim. Como vai o hobby do momento? Viu muitas pessoas sem cabeça nas fotos?

— Tirando os inúmeros dedos de Elaine, vi uma coisa interessante. Percebi que o Dr. Bass continua aparecendo. Ele estava em uma de suas fotos tiradas após o término repentino da recepção.

Miles deu de ombros. — Ele mora em Bradley. E toda a cidade estava presente. Talvez estivesse passando, ficou curioso e decidiu ver o que estava acontecendo.

— Duvido. Acho que ele estava escondido. Devia saber da recepção. A cidade inteira sabia, então por que ele não saberia? Acho que ele estava lá por um motivo e pretendo descobrir.

COMO ESPERADO, NÃO foi o Dr. Bass quem limpou os dentes de Miles. Foi aquela higienista, ex-aluna de Mirtes. Infelizmente, ela parecia guardar rancor e estava descontando nos dentes de Miles, que olhou furioso para Mirtes quando a limpeza terminou.

— Vou chamar o dentista para examinar seus dentes — disse Pam, soando mal-humorada. Mirtes percebeu com satisfação que a higienista não a chamava mais de querida, queridinha ou docinho.

Felizmente, o Dr. Bass entrou sozinho no consultório.

— Dr. Bass! Que prazer revê-lo! — disse Mirtes.

O dentista franziu a testa, intrigado. — Ah. É bom revê-la também, Sra. Clover.

O Dr. Bass agora a olhava como se ela fosse uma idosa com problemas de memória, o que era perfeito, já que Mirtes sabia usar aquilo a seu favor.

Mirtes teria que ser rápida, indo direto ao ponto, ao contrário do que normalmente fazia. O consultório do dentista estava lotado de pacientes e o Dr. Bass já lhe lançava olhares impacientes.

— Conhece minha nora Elaine? A esposa de Red?

— Sim, conheço — respondeu o Dr. Bass com voz apressada. — Ela está bem?

— Está ótima, mas talvez precise marcar uma consulta com você. — Aquela seria uma boa maneira de voltar ao consultorio, não seria? Mirtes precisaria ficar com Jack na sala de espera, enquanto Elaine limpava os dentes. — Mas o que eu ia mencionar é que ela está trabalhando para o jornal. Como fotógrafa. O *Bradley Bugle* adora histórias cotidianas.

O Dr. Bass fez sinal para Miles abrir a boca e se acomodou em um banquinho para examiná-lo. — Que interessante, Sra. Clover — disse ele, com a voz distraída.

— Também achei. E mais interessante ainda foi ela ter tirado uma foto de você conversando com Charles Clayborne. Elaine estava me mostrando algumas fotos e eu vi uma de vocês dois conversando no centro da cidade. Não parecia uma conversa agradável.

Mirtes não poderia ter pedido mais reação do dentista. Um rubor começava no jaleco branco e se estendia até o cabelo ruivo.

Ela teve a nítida impressão, porém, de que a reação se devia à raiva e não ao constrangimento.

O Dr. Bass deu de ombros e voltou a examinar os dentes de Miles, aparentemente tentando organizar os pensamentos ou as emoções, ou ambos. — É uma cidade pequena. Encontro muitas pessoas todos os dias.

— Ah, tenho certeza que sim. Ainda mais sendo dentista. A maior parte dos moradores lhe procura para reclamar sobre dor de dente ou algum problema com uma obturação antiga. Mas isso é diferente, não é? Você me disse há poucos dias que não falava com Charles Clayborne há mais de uma década. E lá estava você, tendo uma conversa animada com ele no centro de Bradley, pouco antes de Charles ser assassinado — disse Mirtes, também dando de ombros.

O Dr. Bass lançou um olhar penetrante. — Eu tinha esquecido, apenas isso. E tenho certeza de que não foi uma conversa animada, provavelmente foi muito chata, o que explica eu ter esquecido. — Ele desviou o olhar e se voltou para o paciente.

Mirtes sentiu a irritação que sempre a deixava furiosa quando era dispensada e pigarreou: — Elaine tirou mais uma foto. E mostrava você conversando com Lee Woosley. Na verdade, é incrível que Elaine tenha capturado sua imagem, já que você não costuma sair muito. De qualquer forma, eu queria saber sobre o que estavam discutindo. Você e Lee.

O Dr. Bass olhou para ela com o mesmo olhar cansado que aparecia na foto que Elaine havia tirado. — Sra. Clover, Lee Woosley tem tentado bancar o casamenteiro desde que eu e a filha dele estávamos no ensino médio. A conversa era apenas mais uma tentativa, apenas isso.

Mirtes estava abrindo a boca para contestar quando o Dr. Bass a interrompeu. — Agora, se me der licença, preciso terminar o exame do Sr. Bradford.

O Dr. Bass de repente ficou muito concentrado, observando as radiografias de Miles. — Infelizmente, Sr. Bradford, vejo algumas evidências de cárie dentária. O senhor tem uma cárie bem aqui — disse, mostrando a radiografia a Miles, que parecia completamente horrorizado.

— Tem certeza, Dr. Bass? Quero dizer, tenho certeza que sim. É que nunca tive uma cárie. E meus dentes não têm me incomodado.

— Mas você não come nada extremamente quente ou frio — disse Mirtes, com conhecimento de causa. — Você não é um apreciador de sorvetes ou um comedor de sopa e com isso pode não ter notado nada. — Por alguma razão, ela estava feliz porque o presunçoso Miles agora sofria de um problema dentário. E o fato de ter sido ela quem o levou ao dentista a fez se encher de orgulho

— É uma cárie muito pequena, então pode ter passado despercebido — explicou o dentista. — Mas foi bom que tenha vindo tão cedo. Vai ser fácil resolver o problema. Marcaremos uma consulta de retorno para obturarmos o dente.

Mirtes sorriu para Miles e foi recompensada com um olhar rude.

A CURTA VIAGEM DE CARRO para casa foi tensa. — Todo aquele trabalho e você nem descobriu nada — resmungou Miles.

— Descobri sim! O Dr. Bass sempre mente quando é questionado sobre Charles Clayborne. Isso diz muito, Miles. Sabemos que há algo entre Charles e o Dr. Bass e ele não quer que ninguém descubra.

— Se ele está tão determinado a manter segredo, o que a faz ter tanta certeza de que será capaz de descobrir? Vai prendê-lo na própria cadeira odontológica e anestesiá-lo para interrogá-lo?

Na verdade, parecia uma ideia maravilhosa. Se ao menos Mirtes fosse apenas alguns anos mais nova.

— Não! Estou pensando que preciso obter essa informação de alguém que ele conhece. Em uma cidade como Bradley, *alguém* precisa saber de alguma coisa. Mesmo que sejam os melhores guardiões de segredos do mundo, se for algo comprometedor o suficiente e estiver guardado há décadas, estarão prestes a revelar. Vou descobrir quem eram os amigos do Dr. Bass e quem são os amigos atuais. O segredo não ficará guardado por muito tempo.

Mirtes olhou de soslaio para Miles. — Também descobrimos outra coisa enquanto estávamos no dentista.

— O quê? — perguntou Miles, soltando um suspiro sofrido.

— Que você tem cáries — respondeu Mirtes, sorrindo.

AO CHEGAR EM CASA, Mirtes começou a fazer a lista de pessoas com quem devia conversar a respeito do Dr. Bass. O homem não era solteiro, então não havia uma esposa para contatar. O fato de o Dr. Bass não ser casado era o motivo de sua popularidade na cidade, especialmente entre as mulheres. Ele não era um homem feio e ainda era jovem. Em comparação a Mirtes, o homem era um mero bebê.

Não conseguia pensar em nada. O que diabos o Dr. Bass fazia com seu tempo livre? Agora que pensava sobre o assunto, não conseguia se lembrar de uma única vez em que o tivesse visto pela cidade. Ah, ela o tinha visto no supermercado. Mas nunca o viu passeando pela cidade, cumprimentando as pessoas pelo caminho. Nunca o via no parque, assistindo aos filmes gratuitos que iam ao ar todas as sextas-feiras à noite durante o verão. Ele não parecia andar muito de barco no lago. Pensando bem, também não o tinha visto na missa, mas isso podia ser porque ela também não frequentava muito a igreja.

Com certeza, o homem fazia algo para se divertir nas horas vagas! Ou será que simplesmente ia para casa e ficava deitado no sofá comendo salgadinhos de queijo e assistindo televisão? Sua reflexão foi interrompida por uma batida hesitante na porta da frente. Mirres ergueu as sobrancelhas surpresa, deixando de lado o bloco em branco. Ela estava prestes a abrir a porta sem olhar, quando os terríveis avisos de Red sobre assassinos à espreita surgiram em sua cabeça e ela olhou com cautela pela janela ao lado da porta.

E lá estava Annette Dawson, lhe dando um sorriso tranquilizador do tipo *não sou uma assassina*. Provavelmente era a cara de enfermeira que fazia para os pacientes antes de colher sangue ou aplicar uma injeção. Mirtes destrancou a porta e a abriu.

— Que bom que foi cuidadosa, Srta. Mirtes. Não consigo imaginar como a senhora consegue pregar o olho à noite. Dois corpos no seu jardim! — Então, de repente, Annette ficou confusa, procurando um lenço de papel na bolsa. Aparentemente, a própria menção a um corpo a lembrou da morte prematura de Charles.

Mirtes fez todas as expressões de preocupação apropriados e conduziu Annette até uma poltrona confortável. — Tudo ainda é muito assustador, não?

Annette deu um sorriso aliviado. — Sim, claro. A senhora não devia saber que Charles e eu éramos amigos.

Mirtes tentou fazer uma expressão de surpresa, mas falhou miseravelmente, ficando com o olhar paralisado.

Annette deu uma risada que soou como um soluço. — Então a fofoca se espalhou por toda a cidade, não é? É óbvio que a senhora sabe que éramos mais do que apenas amigos.

Não havia sentido em negar. — Isso é bem típico de Bradley. Quando Red nasceu, a cidade soube antes mesmo de meu marido. As notícias correm rápido aqui.

Annette assentiu com tristeza. — Foi o que meu marido falou. Silas disse que toda a cidade sabia sobre Charles e eu e que ele estava sendo motivo de chacota.

— Não acho que ele seja motivo de chacota. Isso não é um problema em Bradley, no que diz respeito aos escândalos — disse Mirtes, em tom reconfortante.

Annette de repente assumiu uma expressão de teimosia que Mirtes reconheceu, quando a viu discutindo com Silas na recepção. — Não havia nada de desonroso no nosso relacionamento. Era amor. Eu precisava estar com Charles — disse Annette, se inclinando para olhar mais atentamente para Mirtes, como se quisesse ter certeza se ela acreditava na história. — É isso que Silas não entende.

Mirtes *apostava* que ele não entendia.

— Ele ficou muito bravo quando descobriu sobre nós. E disse coisas horríveis para Charles. — Annette estremeceu.

— Horríveis? — perguntou Mirtes, com a mente acelerada. — Que coisas horríveis?

— Ele falou que ia matar Charles — disse Annette, olhando para as mãos. — É claro que ele não pretendia fazer isso. — Ela se apressou em corrigir. — Ele ficou chocado quando soube que Charles estava morto.

— Mas isso não significava que ele gostaria que você tivesse ido ao funeral.

— Exatamente. Ele me disse para não ir, mas não conseguiu me impedir. Afinal, eu queria prestar minhas condolências a Charles. — Annette voltou a chorar.

Ignorando as lágrimas, Mirtes continuou: — Notei que Silas estava tentando tirá-la da minha casa durante a recepção. Ele ainda estava muito zangado?

Annette assentiu. — Como disse, ele estava furioso. Foi porque ele pensou que a cidade inteira sabia do meu caso com Charles. — Ela deu de ombros. — Pelo menos é o que eu acho, já que até a senhora sabe.

O comentário sugeria que Mirtes não saía muito de casa.

— Mas sei que Silas não poderia ter matado Charles. Ele não seria capaz de matar ninguém! Mesmo estando tão bravo.

Mirtes queria ter a oportunidade de conversar com Silas e tirar suas próprias conclusões. — Silas trabalha com o que mesmo? — perguntou, pensando que poderia aparecer na empresa dele para interrogá-lo.

— É eletricista.

Uau. Aquilo era um serviço muito caro para contratar. Ela teria que se certificar se havia algo que realmente precisava ser feito. Normalmente, só visita do eletricista custava mais do que ela costumava poupar do pagamento da aposentadoria.

Annette a observava com curiosidade, como se estivesse se perguntando como de repente estavam falando do trabalho de Silas. Mirtes acrescentou, como se estivesse puxando conversa:

— E você é enfermeira, certo? No hospital municipal?

— Isso mesmo. Meu turno também mudou faz pouco tempo. Agora estou trabalhando à noite. — Annette revirou os olhos. — Não é meu horário favorito, mas vou me ajustar. É por isso que estou aqui agora, e não no trabalho. —Ela sorriu para Mirtes. — Na verdade, não vim fazer uma visita, embora esteja sendo ótimo.

Mirtes tinha esquecido até de se perguntar por que Annette apareceu em sua casa.

— Queria saber se a senhora encontrou a minha bolsa. Devo ter deixado aqui. Saí com tanta pressa da recepção que esqueci — disse Annette.

Não havia nenhuma bolsa perdida e Mirtes tinha certeza disso. — Não estava com as chaves do seu carro e tudo o mais?

— Não, eu tinha guardado as chaves no bolso do vestido. Quando percebi que tinha esquecido, sabia que a polícia havia bloqueado a casa para a investigação forense. Então esqueci de novo até pouco tempo atrás. — Annette suspirou. — Estou com tanta coisa na cabeça que nem me lembrei.

— É sempre um alívio ouvir outras pessoas dizerem que esquecem as coisas. Detesto pensar que isso só acontece comigo.

Mas não vi sua bolsa, Annette. Mas ficarei de olho. Tem certeza que deixou aqui? Como é essa bolsa?

Annette franziu a testa. — Que engraçado. Só posso ter deixado aqui. Sei que não estava comigo quando saí do funeral. É uma bolsa pequena de couro marrom. Não está em nenhum lugar por aqui?

Como se a casa de Mirtes fosse grande o suficiente para ter muitos lugares para se perder uma bolsa. — Não que eu tenha visto. Mas vou procurar. E também perguntar à polícia se a encontraram enquanto estiveram aqui.

— Foi uma coisa horrível o que aconteceu durante a recepção — disse Annette, estremecendo ao olhar na direção do jardim. — A polícia acha que está ligado de alguma forma à morte de Charles?

— Acho que sim. Afinal, não é como se a cidade estivesse cheia de assassinos. É muito mais provável que quem matou Charles também tenha matado Lee Woosley.

Annette se levantou rapidamente e disse: — Que horror. Bem, já tomei bastante do seu tempo, Srta. Mirtes.

A decisão de ir embora foi tão abrupta que Mirtes se perguntou se Annette achava que *ela* tinha algo a ver com os dois corpos encontrados em seu próprio jardim. — Ah, só mais uma pergunta rápida, Annette. Eu estava... conversando com alguém sobre o Dr. Bass e foi mencionado que ele raramente é visto pela cidade. Sabe se ele tem algum amigo próximo em Bradley?

Agora Annette estava sorrindo, parecendo ter esquecido suas desconfianças. — A senhora não está pensando em iniciar um relacionamento com o Dr. Bass, está? Ele é muito bonito.

Mirtes piscou horrorizada, imaginando todas as fofocas que correriam pela cidade se Annette Dawson começasse a dizer que ela tinha uma paixonite pelo dentista. O pobre homem era capaz de nem querer mais atendê-la. — Não! Que absurdo!

Annette riu. — Eu sei, Sra. Mirtes. Eu só estava brincando. Tenho certeza de que o dentista tem idade o suficiente para ser... seu filho.

Na verdade, neto.

— A senhora é casamenteira, não? — Annette deu um sorriso malicioso.

Essa explicação seria convincente e Mirtes assentiu.

— A única pessoa com quem o vi, e em mais de uma ocasião, foi com um homem de cabelo escuro e bem curto. *Não* era uma mulher, pois sei que é isso o que a senhora realmente quer saber. Pelo que sei, o Dr. Bass está disponível. Embora eu tenha ouvido falar que Peggy Neighbours está fazendo de tudo para mudar essa situação — disse Annette, lançando um olhar significativo para Mirtes.

Parecia mais provável que Lee Woosley estivesse tentando estabelecer uma união entre o dentista e a filha. Peggy estava preocupada com Charles Clayborne, não com Hugh Bass.

— Você sabe onde o Dr. Bass mora? Fiquei me perguntando se por acaso eu o teria encontrado quando estava fazendo uma caminhada ou algo do tipo.

— Ele mora perto do lago, mas do outro lado da margem. Uma casa grande. — Annette olhou para o relógio e ergueu as sobrancelhas. — Preciso ir. Vou me atrasar para um compromisso.

Mirtes suspirou, pois não foi capaz de descobrir uma maneira inócua de continuar fazendo perguntas sobre o homem de cabelo escuro antes de Annette ir embora.

Capítulo Treze

A melhor coisa sobre a visita de Annette foi a maneira como ela deu uma desculpa para Mirtes falar com o marido dela. Não gostaria de ligar para Silas com um problema elétrico que custaria pelo menos cem dólares apenas para uma visita.

Agora tudo o que precisava fazer era 'encontrar' a bolsa desaparecida de Annette e entregá-la a Silas, junto com algumas perguntas bem formuladas e objetivas.

Estava estava prestes a pegar o telefone e ver se Miles queria ir com ela até a loja para comprar uma bolsa barata, quando hesitou. Miles estava indiferente no caminho de volta do dentista. Era melhor deixá-lo ficar de bom-humor antes de lhe pedir outro favor. Miles era capaz de guardar ressentimentos por muito mais tempo do que uma mulher.

Ainda assim, a ideia de caminhar até a Brogan's, a pequena loja de departamentos do centro da cidade, não era muito atraente. Os últimos dias, e as noites de vigília que os acompanharam, a cansaram mais do que queria admitir. Ligaria para Elaine. Talvez ela estivesse disposta a acompanhá-la nas compras ou, pelo menos, a ter a oportunidade de tirar algumas fotos péssimas para o *Bradley Bugle*.

Quinze minutos depois, a van de Elaine parou na entrada da garagem. — Estou sempre pronta para sair de casa — disse, enquanto Mirtes entrava no carro. — Mas a senhora sabe que provavelmente teremos mais aventuras do que planejou. Jack veio comigo.

Mirtes se virou para olhar para o banco traseiro e viu Jack sorrindo enquanto segurava o velho boneco Dirty Doggy. — Ele parece um anjo. Não acho que esteja planejando nos levar para qualquer tipo de aventura.

Jack jogou Dirty Doggy para ela e riu.

Elaine suspirou. — Agridoce. Esse é o humor de Jack hoje. Sei que a senhora mencionou uma ida rápida até a loja, mas pode acabar sendo ainda mais curta do que planejou. O que pretende comprar?

— Uma bolsa nova — disse Mirtes, segurando Dirty Doggy e fazendo o boneco andar e tropeçar no ar enquanto Jack gritava alto em resposta.

— Uma bolsa? — perguntou Elaine, olhando de soslaio para Mirtes. — Aquela prateleira enorme no armário do seu quarto não está cheia de enormes bolsas azul-marinho?

— Não, Elaine. As bolsas não são apenas azul-marinho. São pretas, cinza e bege também. — Mirtes sabia que tons neutros combinavam com tudo.

Elaine estava planejando fazer mais perguntas sobre a incomum expedição de caça às bolsas, mas já estavam chegando loja de departamentos. Além disso, Jack estava prestes a começar a chorar.

— Você trouxe a câmera? Deve haver muitas oportunidades para tirar fotos no Brogan's.

— Achei que já estava fazendo malabarismo suficiente por hoje, considerando Jack e seu um humor imprevisível. — Elaine tirou o menino do carro e o colocou no carrinho.

Entraram na antiga loja e subiram de elevador até o segundo andar, que era onde ficavam as roupas e acessórios femininos. O elevador tinha um a ascensorista igualmente antigo que abriu a porta manualmente quando chegaram ao segundo andar. Mirtes jurou que se lembrava do mesmo atendente quando vinha à loja ainda criança.

Elaine caminhou até a seção de bolsas grandes e neutras. — Este aqui parece ser o seu estilo — disse, segurando uma provável escolha. Ela vasculhou o interior, tirando um pouco do papel que servia de enchimento. — Tem muitos bolsos para suas balas de hortelã. Sei o quanto você adora guardar coisas.

Mirtes olhou para o canto mais afastado da loja. — Pensando bem, acho que vou dar uma olhada nas promoções. Ver o que está com o preço drasticamente reduzido.

Elaine deu de ombros, largou a bolsa e seguiu Mirtes empurrando o carrinho com Jack.

Mirtes lançou um olhar crítico à bancada de promoções. Qual seria a bolsa mais barata? Poderia enchê-la com algumas tranqueiras e seria o adereço perfeito para se aproximar da casa de Silas Dawson. Tudo o que estava exposto tinha um desconto adicional de sessenta por cento. Ela viu uma que custava dez dólares e pegou para avaliar. Tinha uma estampa de vaca e flores rosa pink.

— Essa vai servir — murmurou. Era perfeita porque custava apenas alguns poucos dólares.

Elaine olhou para a bolsa. — É a bolsa mais horrível que já vi. Mirtes, o que está acontecendo? Eu sei que não está comprando essa bolsa para você.

Mirtes contou de forma resumida o motivo da compra e Elaine disse: — Eu estava mesmo querendo saber como estava a investigação do caso. Mas por que não usa uma das milhares de bolsas que tem no armário?

— Silas suspeitaria se eu levasse uma das minhas bolsas e dissesse que achava que pertencia a Annette. Minhas bolsas são grandes, confortáveis e perfeitas para mim e não para alguém como Annette. Além disso... — Mirtes fez uma pausa e suspirou. — Parecem bolsas de velhinhas.

— Não há nada de errado com isso! — disse Elaine em tom firme e depois acrescentou: — O que espera descobrir quando encontrar Silas?

— Seria ótimo se ele me dissesse que foi o responsável pela morte de duas pessoas. Porém, estou pensando que isso não vai acontecer. Adoraria saber se ele tem um álibi. E também gostaria de ouvi-lo falar sobre Charles Clayborne, talvez me dar mais informações a respeito do homem.

— Achei que Miles fosse primo de Charles Clayborne. — Elaine parecia intrigada. — Ele não pode lhe ajudar?

— Não necessariamente. Miles estava mais preocupado em garantir que eu soubesse que ele não tinha parentesco com Charles e que não o aprovava. Fora isso, as informações eram meio vagas.

— Também não parece que Silas Dawson era próximo de Charles — ressaltou Elaine. Jack estava começando a lutar para sair do carrinho e causar estragos na loja. — Parece que estava tentando evitar Charles e mantê-lo longe da esposa.

— Talvez, mas as pessoas devem conhecer Charles já que ele cresceu em Bradley. Silas Dawson é um pouco mais velho, mas provavelmente devem ter frequentado a escola na mesma época. Pode ser que ele estivesse apenas uma ou duas séries à frente de Charles. Quero ver o que consigo descobrir. — Mirtes observou Jack tentar destravar o cinto de segurança do carrinho com determinação.

— Acho que ele está quase descobrindo como abrir o cinto de segurança — disse Elaine, soltando um suspiro. — É melhor irmos embora o mais rápido possível, ou então Jack fará uma grande cena. Já decidiu sobre a bolsa? — Ela estremeceu ao olhar para a possível escolha.

— Vai ser essa aqui. Baseada no preço e no fato de que não é uma bolsa de senhora idosa.

— Realmente não é uma bolsa para *qualquer pessoa* — disse Elaine enquanto caminhavam para o caixa.

AO VOLTAR PARA CASA, Mirtes jogou algumas bugigangas na bolsa para torná-la mais pessoal. Lenços de papel, algumas moedas, um batom velho e balas de hortelã. Depois de refletir por um segundo, concluiu que as balas de hortelã poderiam ser mais um indício de que era uma bolsa falsificada e substituiu as balas por um pacotinho de biscoitos.

Pouco depois das 19h daquela noite, Mirtes saiu para visitar Silas Dawson. Elaine não só se ofereceu para levá-la de carro, como praticamente insistiu. Ela ficou no carro com Jack e garantiu que Red ainda não tinha voltado do trabalho, para que ele não perguntasse onde elas estavam indo. E com o bebê.

Mirtes caminhou com cuidado pela calçada e tocou a campainha. Como não houve resposta, ela bateu na porta, caso a campainha não estivesse funcionando.

Depois de mais alguns minutos, Silas apareceu e ergueu as sobrancelhas quando viu Mirtes parada na porta. — Pois não? Sra. Mirtes, não é? Em que posso ajudá-la? — A expressão em seu rosto dizia que ele não fazia a menor ideia do motivo da visita.

Mirtes respirou fundo e ergueu a bolsa. — Annette me disse que poderia ter esquecido a bolsa na minha casa durante a recepção do funeral. Por acaso é essa bolsa?

Silas deu meio passo para trás, como se tentasse fugir da bolsa. — Não presto muita atenção nas bolsas de Annette — respondeu com a voz rouca. — Mas posso afirmar que essa bolsa não é dela. Tenho certeza. — Ele pareceu aliviado quando Mirtes guardou a bolsa na sacola.

— Annette não me contou que tinha esquecido a bolsa na sua casa. — Silas franziu a testa e esfregou o rosto com as mãos. — Na verdade, ela nem deveria estar lá.

Mirtes estava pensando em uma maneira de obter informações quando Silas lhe perguntou de forma abrupta: — A senhora sabia que ela estava tendo um caso com Charles Clayborne, não sabia? — Ele semicerrou os olhos procurando a verdade no rosto dela.

— Sim, eu sabia. — Murta suspirou.— Mas não é como se todos na cidade soubessem disso. Acontece que conversei com uma pessoa que ouviu rumores.

— E essa pessoa teria contado para outra pessoa, que contou para outra e assim por diante. — Silas grunhiu. — Tudo isso é uma estupidez. Annette *me* ama. — O tom de voz parecia mais uma pergunta do que uma afirmação.

— Claro que ama! — Ainda mais agora que Charles se foi, pensou Mirtes.

Silas parecia estar lendo os pensamentos de Mirtes e disse: — Ei! Não tive nada a ver com a morte de Charles. Eu nem conhecia o cara. E havia muitas outras pessoas que não gostavam dele.

— Quem? — perguntou Mirtes, se apoiando na bengala.

— Lee Woosley, por exemplo.

— É claro! E agora ele também está morto.

— Ah, sim — disse Silas, com a voz desanimada e em seguida acrescentou: — Mas ele ainda pode ter matado Charles antes de morrer. E outra pessoa matou Lee.

— Tem razão. — Mirtes conteve um suspiro. Silas não parecia ser a lâmpada mais brilhante da caixa. O que era estranho, porque os eletricistas costumam ser brilhantes, pensou Mirtes ao fazer o trocadilho.

— Você sabe por que Lee odiava tanto Charles? Ouvi falar da briga no jogo de pôquer, mas parece extremo demais ir atrás do homem porque ele trapaceou no pôquer.

— Charles Clayborne era esse tipo de homem — disse Silas, o tom amargo. — Ele era um trapaceiro. Fez minha esposa me trair, trapaceou nas cartas e aposto que também agiu assim nos negócios. Acredito que essas coisas podem deixar alguém louco o suficiente para cometer um assassinato. Mas Lee também tinha outros motivos.

Mirtes apenas prendeu a respiração e esperou. Silas estava com a língua solta e ela se perguntou se isso poderia ter algo a ver com o leve cheiro de cerveja que sentiu em seu hálito.

E como esperado, ele continuou falando: — Conheço Charles há muito tempo, mas como disse, nunca fomos amigos. As pessoas às vezes falavam dele e eu o via na escola. Ele já era um cara mau naquela época. Gostava de se gabar por ter colado nas provas e burlado o sistema, esse tipo de coisa. Agia como se pessoas estúpidas fossem aquelas que seguiam todas as regras, estudavam e tiravam boas notas à moda antiga.

Silas continuou: — Ele também namorou várias garotas. Peggy era uma delas. Peggy Woosley. Eu a conhecia porque ela era amiga da minha irmã mais nova. Uma garota tão doce. Ela acreditava que Charles Clayborne era o homem dos seus sonhos.

— E suponho que Charles não retribuiu o afeto. — Mirtes estava gostando cada vez menos de Charles. Não admira que Miles estivesse negando o parentesco.

— Claro que não. Mas, independentemente disso, ela estava apaixonada pelo idiota. E ele também se aproveitou desse fato. Na noite anterior ao assassinato de Charles — disse Silas, baixando a voz. — Lee estava tentando fazer com que eu me sentisse melhor em relação ao caso de Annette com Charles. Estávamos sentados em um bar e Lee me contou que Charles engravidou Peggy no último ano do ensino médio.

Mirtes arregalou os olhos. Aquilo deve ter sido um segredo muito bem guardado para ela não ter ouvido boatos.

— Charles enganou Peggy, dizendo que se casaria com ela e que teriam uma vidinha perfeita juntos. E então, ele fugiu de Bradley assim que se formou. Será que ele suspeitava que Peggy estava grávida? — Silas balançou a cabeça.

— Bradley é uma cidade tão pequena que estou chocada que ninguém soubesse disso — disse Mirtes, pensativa.

— Ah, as pessoas sabiam que Peggy estava grávida — disse Silas, com uma risada curta. — Mas pensaram que era o bebê de Jim Neighbours. Eram casados, lembra?

— Ela se divorciou há muito tempo, não?

— Alguns anos depois de se casarem. O bebê tinha apenas dois anos. Jim sempre gostou de Peggy, e Lee adoçou o pote lhe oferecendo um emprego para fazer reparos e serviços elétricos.

— Entendi. Com certeza isso evitou um grande escândalo aqui em Bradley.

— O engraçado é que Peggy nunca esqueceu Charles. Segundo o pai, depois de tudo o que aconteceu, ela ainda o amava. — Ele fez uma pausa e suspirou. — De certa forma, eu entendo. Ainda amo Annette, não importa o quanto foi infiel. Ao que tudo indica, Peggy tentou reatar com Charles quando ele voltou para a cidade.

O amor cegava as pessoas. Como Peggy não enxergava o tipo de homem que Charles era?

— Lee me contou que Charles a enrolou como da última vez. Então Peggy começou a ouvir boatos que ele estava saindo com Annette. E provavelmente com outras mulheres. Ela ficou arrasada e contou a verdade, dizendo que a menina, agora com quase dezoito anos, era filha dele.

Mirtes se inclinou mais para a frente, se apoiando na bengala. Seus pés, nunca muito cooperativos, estavam começando a doer, mas ela ignorou e se agarrou a cada palavra de Silas.

— A senhora devia ter visto a cara do velho Lee quando me contou essa história. Estava vermelho de raiva. Não sei se estava bravo, frustrado ou prestes a chorar. Disse que Charles riu quando Peggy lhe contou sobre a filha. Zombou dizendo que não acreditava nela. Peggy voltou correndo para casa e chorou muito. Aquele Charles era tremendo um mau-caráter. Red vai ter muita dificuldade para descobrir quem o matou. Metade da cidade o queria morto.

MIRTES FECHOU A PORTA da van e apertou o cinto enquanto Elaine começava a dirigir de volta para casa. — Presumo que Silas não aceitou a bolsa horrível. — Jack estava falando sozinho no banco de trás. Mirtes se virou e sorriu para o menino.

— Não. Mas me contou por que Lee odiava Charles Clayborne. Estava mais relacionado à filha Peggy do que com a trapaça no pôquer. — Mirtes atualizou Elaine no caminho para casa. — Não acredito que Lee quisesse que Charles reatasse com sua filha, mas aposto que gostaria que ele investisse algum dinheiro para pagar a mensalidade da faculdade e outras necessidades.

— Uau. E as pessoas pensam que nada acontece nas cidades pequenas.

— A maior parte do drama humano acontece em cidades pequenas. Apenas em uma escala menor — disse Mirtes.

— Então o que estou entendendo desta triste história é que Peggy tinha um motivo para matar Charles. Ela se entregou de coração e alma e foi rejeitada de maneira fria e cruel, não apenas uma, mas duas vezes.

— A vingança é um catalisador poderoso. Não se esqueça do pai. Lee Woosley também estava bravo com Charles Clayborne. Quanto um pai pode aguentar antes de começar a descontar no cara que está fazendo sua filha sofrer?

— Mas se Lee matou Charles, então quem matou Lee?

— E se Peggy fez isso por raiva? E se, por mais irracional que fosse, ainda estivesse apaixonada por Charles? E depois pode ter atacado o pai por ter matado o homem que ela tanto amava — disse Mirtes.

Elaine suspirou. — Acho que é possível. Embora na minha opinião pareça muito rebuscado.

— Fico impressionado com a frequência com que a vida se assemelha à novela que assisto. *Tomorrow's Promisse* às vezes acerta em cheio. É mais como assistir a um documentário do que a um drama de entretenimento.

— Ops! — disse Elaine quando pararam na entrada da garagem de Mirtes. — Parece que a senhora tem visita.

Capítulo Catorze

Mirtes notou com horror que Erma Sherman estava parada no degrau da entrada. Erma sorriu e acenou enquanto a van se aproximava.

— Como vou escapar disso agora? — gemeu Mirtes. — Por que a mulher não consegue lembrar que mora *na casa ao lado* e que precisa ficar lá? Tudo o que faz é me incomodar.

— Apenas diga que a senhora passou o dia fazendo compras comigo e com Jack e que precisa entrar, colocar os pés para cima e descansar um pouco — disse Elaine, com a voz simpática. —Ela deve entender.

Mas era difícil para Mirtes admitir que estava cansada, ainda que fosse mentira. Ela gostava de passar uma imagem de força e disposição. — De todos os vizinhos do mundo, a mulher tinha que ser *minha* vizinha!

— Erma também é minha vizinha. — Elaine riu. — Por alguma razão, Red e eu não estamos no radar dela. É a senhora que ela prefere incomodar.

— Só porque ela não gosta de crianças. Ou de animais — explicou Mirtes, olhando ao redor. Onde estava Pasha? A gata era a única proteção que tinha contra aquela mulher.

— Achei que ela estava sempre alimentando os pássaros ou coisas do tipo.

— Esquilos. Erma Sherman alimenta os esquilos. E isso aí deve mostrar o quanto ela é esquisita. — Mirtes abriu a porta do carro com relutância e saiu. — Me deseje sorte.

Não fazia sentido evitar o inevitável. Erma Sherman estava decidida e determinada a fazer algum tipo de visita e não ia desistir. Se Mirtes cedesse, talvez Erma a deixasse em paz por um tempo. Além disso, ficar tanto tempo parada na porta do mal-educado Silas - o homem foi incapaz de perceber que ela era *idosa* - significava que estava pronta para ficar sentada por um tempo com os pés para cima, ainda que isso significasse que precisaria sofrer ouvindo as lorotas de Erma. Talvez devesse tirar aquele presunto queimado da geladeira e oferecer um sanduíche a Erma. Isso poderia assustá-la e impedi-la de fazer visia indesejáveis por um tempo.

Enquanto caminhava pela calçada, Erma se apressou em dizer: — Sei que você tem coisas a fazer, mas preciso lhe contar uma coisa. Você está sempre com tanta pressa! Não tem medo de cair e quebrar o quadril ou algo assim? É melhor andar mais devagar.

Mirtes resistiu à vontade de lançar um olhar amargo em reação ao conselho não solicitado, mas Erma estava sendo gentil, não importa o quanto torturante fosse. E com isso esperava estar ganhando alguns pontos com o cara lá de cima.

Mirtes tirou as chaves da carteira, abriu a porta e fez sinal para que ela entrasse. — Está um dia muito quente hoje. Por que não entra e conversamos?

Erma ficou boquiaberta e entrou antes que Mirtes pudesse mudar de ideia. Quando fechou a porta, avistou Elaine do outro lado da rua, olhando em sua direção em estado de choque. Era provável que a nora a ligaria mais tarde para ter certeza de que ela não havia sofrido um pequeno derrame.

Assim que se sentou, Mirtes teve a sensação de que não conseguiria se levantar por um tempo. — Erma, me dê alguns minutos. Preciso me recompor. — Ela precisava ir ao banheiro, afinal, estava fora de casa há muito tempo. Depois serviria chá gelado um pequeno lanche. Erma, pelo que lembrava, era uma visita bastante exigente.

Mirtes voltou alguns minutos depois com uma bandeja contendo uma jarra de plástico com chá gelado, dois copos e um prato com queijo e biscoitos. Erma não se ofereceu para ajudá-la, apesar de Mirtes estar segurando a bandeja com um braço e a bengala com o outro. Comportamento típico de Erma. Mas como estava determinada a fazer com que aquela visita durasse e contasse como uma *visita apropriada*, Mirtes conteve a irritação. Pelo menos tentou.

Erma já estava tagarelando sobre algum problema horrível de pele fazendo Mirtes perder o apetite. Então, ela decidiu que teria que interromper o assunto ou encerrar a visita. E estava prestes a interrompê-la com uma resposta rápida, mas mordeu o lábio e respirou fundo.

Mirtes disse em tom gentil: — Erma, odeio interrompê-la, mas antes que eu esqueça, sabe como é a memória dos idosos, você mencionou que queria me contar algo? Achei que poderia ser algo sobre o caso.

Havia uma razão pela qual nunca usou essa abordagem mais gentil com Erma, pois ela costumava ser agressiva com as pessoas boas e gentis, como se elas nem existissem.

— Então esse foi o resumo da minha consulta no dermatologista. Mas ainda não acabou! Em seguida, tive que ir ao dentista. Acredita nisso? Dentista! — Erma sorriu e Mirtes acreditou, pois os dentes da mulher não estavam nas melhores condições. E o hálito tinha um odor sugestivo de gengivite.

O dentista! A atividade favorita de Erma, além de caçar e torturar Mirtes, era flertar com homens. Não importa o quanto desesperador esse flerte pudesse ser. Não havia dúvidas que ela *era* uma das pacientes do Dr. Bass.

— Você é paciente do Dr. Bass?

Ela sorriu. — Sim! Sou paciente do Dr. Bass. E também somos bons amigos — completou, com orgulho.

Aquilo parecia muito com um dos delírios crônicos de Erma e Mirtes esperava sinceramente que apenas uma fração daquela afirmação fosse verdadeira, e que talvez ela pudesse pelo menos lhe contar quem eram os *amigos* do Dr. Bass.

— Então vocês se encontram fora do consultório odontológico?

Erma estava relutante em responder, mas finalmente disse: — Na verdade, os pacientes ocupam muito o tempo do Dr. Bass, considerando que ele é o único dentista da cidade. Mas já mencionei que adoraria ir ao cinema ou sair para comer alguma coisa assim que ele tiver uma folga na agenda lotada.

Mirtes tinha certeza de que o dentista estava levando aquilo em consideração e permanecia o mais ocupado possível.

— Ele tem uma casa enorme à beira do lago — disse Erma, os olhos brilhando. — Fica localizada na margem oposta. E ele tem barcos, um grande e outro menor. Eu o vi outro dia quando estava passeando de barco.

Erma não tinha exatamente o que podemos chamar de *barco*. Ela tinha um velho barco pontão, que podia ser usado apenas em rios e lagos com águas calmas.

— Mas é claro que nos vemos muito no consultório. Faço muitas consultas odontológicas por causa dos problemas que continuo tendo com os dentes.

Antes que Erma pudesse iniciar outra discussão cansativa sobre saúde, Mirtes rapidamente a interrompeu.

— Outro dia eu estava conversando com uma pessoa sobre o Dr. Bass. Acho que nunca notei o homem andando pela cidade. Posso tê-lo visto no supermercado ou algo assim, mas nada além disso. Alguém mencionou que ele tinha um amigo, um homem. — Mirtes fez questão de acrescentar, já que Erma teria negado que o Dr. Bass tivesse outras amigas além dela. — Você sabe quem pode ser esse amigo?

Erma se encheu de orgulho e desta vez Mirtes pensou que talvez ela realmente soubesse de alguma coisa.

— Deve ser o amigo do ensino médio. — Erma se inclinou tanto para contar a fofoca que parecia que ia se partir ao meio. — Ele é um homem muito bonito. É barbeiro. Você deve conhecê-lo.

— Exceto que não vou ao barbeiro para cortar o cabelo.

— De qualquer forma, você deve tê-lo visto pela cidade. Ele se veste bem, usa gravata cor-de-rosa e muita colônia. Adoro observá-lo quando vou às compras, ao correio ou a algum outro lugar. Ele tem um perfume delicioso e sempre me dá uma piscadinha! — Erma deu uma risadinha.

Se Mirtes acreditasse em tudo o que Erma dizia, a mulher devia ter um namorado em cada porto.

— Ah, precisa ir a algum lugar? Que tal amanhã? Talvez amanhã à tarde?

— Tenho certeza de que tenho outra consulta médica amanhã. Desculpe. — Erma se levantou e caminhou apressada em direção à cozinha, carregando o copo de chá vazio para colocar na pia.

— Bem, então depois de amanhã. Você não vai acreditar nessas fotos, Erma. Tenho algumas fotos de Red que são a coisa mais fofa. Você vai adorar.

Erma usou um tom de voz muito firme e incomum: — Quando tiver tempo livre eu ligo avisando e podemos sentar e olhar esses álbuns. Mas pode demorar um pouco, tenho estado muito, muito ocupada ultimamente!

Agora Erma estava correndo para a porta. — Vejo você em breve, Mirtes. Ou se não for em breve, em algum momento.

Foi o dia mais rápido que Mirtes conseguiu se livrar de Erma Sherman. Pelo menos, quando Pasha não estava envolvida no processo.

Pensar em Pasha a fez sentir falta do gata, que não estava em casa naquele dia. Isso a deixou com raiva de si mesma por sentir falta de uma gata selvagem, pois tinha certeza de que a gato não sentia sua falta. Ela se perguntou se Pasha ainda estava irritada com o fato de ter ficado trancada no quarto durante a recepção.

O pensamento sobre a recepção a fez se lembrar do presunto. Mirtes apostava que a gata adoraria um pouco do petisco. E ainda a incomodava ter gasto tanto dinheiro com o presunto e não poder servi-lo. Talvez pudesse congelar e usar alguns pedaços para fazer uma sopa, além de dar um pouco para Pasha. Agora, com o caso e tudo mais, não tinha tempo para lidar com esses detalhes e então tirou o presunto da geladeira e colocou no freezer.

Naquela noite, Mirtes foi acometida pela insônia habitual. Sentiu inclusive um leve indício de desconforto e olhou um pouco apreensiva para o jardim através da janela da cozinha.

Era difícil dizer, no escuro e com a grama tão alta, mas parecia que havia algo no jardim. Mirtes sentiu um arrepio na nuca. Definitivamente havia algo naquele mesmo espaço entre os gnomos.

Mirtes prendeu a respiração enquanto se atrapalhava com o interruptor de luz ao lado da porta, acendendo por acidente a luz da cozinha e ligando o triturador de lixo e xingando a si mesma ao fazê-lo. Quando finalmente acendeu a luz, e olhou ansiosa para o pátio iluminado.

Pasha estava no local onde os corpos apareceram. Ela piscou sob a luz, mas não demonstrou interesse em se levantar. Mirtes ficou feliz em ver a gata, mas não queria incomodá-la por seja lá o que Pasha estivesse fazendo lá fora.

Será que Pasha estava sentindo um cheiro estranho no local? Era apenas uma boa caçada noturna no jardim? Ou Pasha estava de guarda, como Mirtes suspeitava?

— MIRTES, EU JÁ TENHO um barbeiro.

— Às vezes é bom variar um pouco, Miles. Obter uma perspectiva diferente, ter a opinião de outro profissional a respeito do seu penteado.

A voz de Miles, vinda do telefone, parecia fria. —Eu não faço *penteados*. Meu cabelo é apenas um estilo masculino padrão. E acabei de cortar o cabelo há duas semanas... Não preciso ir ao barbeiro tão cedo.

— Tive a impressão que seu cabelo estava caindo um pouco sobre as orelhas. Talvez seria interessante aparar um pouco.

Houve um silêncio significativo do outro lado da linha.

— Ah, pare com isso, Miles. Que mal há nisso? Vou até pagar pelo corte de cabelo. De qualquer forma, se odiar o corte, o cabelo vai crescer de novo em algumas semanas. Não consigo pensar em outra maneira de conversar com Buddy Fenton sem ir até a casa dele como repórter do jornal e tenho a sensação de que ele não vai falar mal de seu velho amigo, Dr. Bass, se eu estiver representando o jornal. Então, o que me diz?

— Acho que meu barbeiro ficará bravo comigo se eu for a um barbeiro diferente. Ficarei encrencado. — Os pensamentos de Miles estavam claramente fazendo horas extras.

— Pare com isso! Barbeiros não são como esteticistas. Não são hipersensíveis e ficam magoados só porque você vai um lugar diferente.

Houve um suspiro pesado do outro lado da linha. — Tudo bem, eu desisto. Mas é melhor que isso não acabe me causando problemas com o meu barbeiro.

— Não vai, fique tranquilo — disse Mirtes, com satisfação.

— E pelo menos esta visita não resultará na descoberta de algumas cáries.

MILES NÃO GOSTOU DO barbeiro enquanto esperavam que ele terminasse com o cliente que estava atendendo. — Ele deve ter tomado banho de colônia — disse, franzindo o nariz.

— Ele é um solteiro. Está tentando se manter atraente para as mulheres.

— Em uma barbearia? Que mulheres ele vai ver aqui?

— Bem, eu estou aqui.

Miles ergueu a sobrancelha. — Sim, e você é a única. Além disso, como vamos explicar a sua presença aqui? Você é minha mãe?

— Muito engraçado. Não tenho idade para ser sua mãe, como você bem sabe. — Aquilo não era inteiramente verdade, então Mirtes continuou falando animada: — Vamos dizer que você não dirige mais e conta comigo para caronas.

Miles lançou um olhar sinistro.

— De qualquer forma, ele não vai perguntar. Por que se importaria com o fato de eu estar aqui ou qual é a minha relação com você?

Porém, era exatamente nisso que Buddy Fenton estava interessado. Ele logo comentou que Mirtes era a primeira mulher que via na barbearia nas últimas semanas. — Ela está aqui para garantir que o corte fique bem curto? — perguntou, dando uma piscadela para Miles.

— Ah, Mirtes? — perguntou Miles, com a voz espontânea que significava problemas. — Ela é minha motorista. Sempre tomo alguns coquetéis no almoço e depois Mirtes me leva para casa.

Buddy soltou uma gargalhada, dando um tapinha nas costas de Miles como se estivessem em algum tipo de clube masculino.

— Gostei da maneira como organiza o seu dia — disse Buddy, colocando uma capa em volta de Miles. — A vida é assim, não? Acho que um dia, quando me aposentar, poderei fazer a mesma coisa. Só temos tempo para o hedonismo quando somos muito jovens ou velhos demais, certo?

Miles tinha uma expressão melancólica no rosto, o que fez Mirtes sorrir. Ela sabia que ele não havia experimentado hedonismo na juventude e muito menos na velhice.

Mirtes pigarreou. — Então você teve uma juventude selvagem, Buddy? Com quem estudou no ensino médio? Eu já tinha me aposentado quando você estudou na Bradley High, não?

— Com certeza, Sra. Clover. O que de certa forma foi bom. Aposto que a senhora não gostaria de lidar com a minha turma. Estudei com Charles Clayborne e Hugh Bass.

— Ah! Isso parece uma turma da pesada. Sinto muito por Charles. Que tragédia.

Buddy aparou com cuidado um ponto acima da orelha de Miles. — Foi mesmo uma tragédia. Não era como se eu tivesse mantido contato com Charles. Ninguém do nosso grupo mantinha contato com ele. Bem, exceto Hugh. — De repente ele parou de falar e apertou os lábios como se não tivesse planejado dizer aquilo.

— Charles deixou Bradley logo depois de se formar, não foi? Então, como o Dr. Bass mantinha contato com ele? Apenas por e-mail e por telefone?

— Não apenas dessa forma. Hugh Bass acabou cursando a mesma faculdade que Charles. É claro que Charles não planejava ser dentista. — Buddy sorriu ao pensar em Charles cursando odontologia.

— O que Charles estava pensando em fazer? — perguntou Miles, soluçando caso a pergunta parecesse muito sóbria. Mirtes percebeu que ele não mencionou o parentesco com Charles.

— Qualquer coisa obscura. Charles não era um cara que se importava em agir do lado da lei. — Ele recuou para dar um olhar crítico ao seu trabalho e depois continuou. — Não estou dizendo que Charles fez algo ilegal. Pelo menos, não de uma forma tão *óbvia*. Ele não estava roubando bancos, traficando drogas ou arrombando carros ou casas. Mas se houvesse algo que pudesse lhe render algum lucro, ou alguma forma de conseguir dinheiro em um negócio falso, Charles estaria disposto a arriscar.

— Então por que o Dr. Bass continuou amigo dele? — perguntou Mirtes, intrigada.

Buddy Fenton inclinou a cabeça para o lado e observou Mirtes. Provavelmente para ver se ela era apenas uma velhinha inofensiva e intrometida. Então ele olhou para Miles, que soluçou de forma reconfortante outra vez. Buddy continuou: — No início, acho que ele pensou que era divertido estar perto de Charles. E era mesmo. Contanto que não estivesse tentando arrancar seu dinheiro de alguma forma, ele era a alegria da festa. Sabia contar piadas que te deixavam rolando no chão. E também dava muitas sugestões de coisas interessantes para se fazer.

— Mas e depois disso? — perguntou Mirtes. — Depois que o Dr. Bass se cansou das travessuras de Charles?

Tanto Mirtes quanto Miles se agarraram às palavras de Buddy. Para um cara como Buddy, isso deve ter sido muito lisonjeiro. Mirtes sabia que ele era o tipo de pessoa que prosperava sob os holofotes e ansiava por isso. Ele usava uma colônia que chamava a atenção e tinha aquela atitude no olhar que a fazia se lembrar dos alunos quando dava aulas na escola.

Mas ele também era amigo de Hugh Bass. Ao que tudo indica, era *o único* amigo de Hugh Bass. Poderia ser necessário um pouco de persuasão para que ele revelasse qualquer sujeira que soubesse a respeito de Hugh e Charles, apesar de desejar muito ter uma audiência cativa.

— Sou amiga dos pais do Dr. Bass. Pessoas maravilhosas — mentiu Mirtes.

Buddy sorriu e penteou o cabelo de Miles, fazendo pequenos cortes com a tesoura. — Sim, eles são pessoas excelentes.

— Eles me contaram uma história há alguns anos da qual mal me lembro bem. Tinha algo a ver com o Dr. Bass e alguns problemas em que se meteu enquanto ainda morava fora da cidade. — Mirtes franziu a testa pensativa, como se a história fascinante estivesse bem ali, no limite de seu subconsciente, apenas esperando para ser contada. Ela bateu no nariz com o dedo indicador, como se aquilo a ajudasse a se lembrar.

Buddy olhou atentamente para ela e depois ao redor da loja para garantir que estavam mesmo sozinhos. — Então a senhora sabe o que aconteceu. Estou surpreso. Não achei que alguém conhecesse essa história. A única razão pela qual sei disso é porque eu ainda era amigo dele na época. Somos amigos agora, é claro, mas éramos bem mais próximos naquela época. Tomei muito cuidado para não dizer nada a ninguém a respeito disso.

— Sim, eu conheço a história. Os pais do Dr. Bass estavam muito preocupados na época. Atormentados. Qualquer um estaria! Eu conhecia todos os detalhes, mas agora esqueci — enfatizou Mirtes, tentando parecer nebulosa, vaga e hesitante.

Miles deu alguns soluços encorajadores.

— Sim, os dois foram para uma faculdade na Virgínia Ocidental. Após a formatura, Charles encontrou algum tipo de trabalho nas proximidades e Hugh Bass foi para a faculdade de odontologia. Isso durou cerca de quatro anos. Eles até foram colegas de quarto, dividindo as para tentar economizar. E ainda saíam juntos depois que Charles terminava o expediente de trabalho e Hugh não tinha aula. Hugh se formou e abriu um consultório, mas eles precisavam de dinheiro. O que quer que Charles estivesse fazendo não estava rendendo muito, e Hugh não tinha reserva de dinheiro, porque estava pagando as mensalidades da faculdade e o aluguel do novo consultório odontológico.

— O que eles fizeram? — perguntou Mirtes. — Quero dizer, me lembre o que eles fizeram — acrescentou rapidamente.

Capítulo Quinze

Charles convenceu Hugh de que ele deveria fazer algumas coisas ilícitas para aumentar o faturamento — disse Buddy, observando Mirtes com atenção, como se avaliasse o quanto ela realmente sabia sobre todo o negócio.

— Isso mesmo! — Mirtes assentiu e hesitou, tentando imaginar o que tinha acontecido. — Então o Dr. Bass começou a cobrar das seguradoras por trabalhos que não havia feito com os pacientes? — Ela arriscou um palpite.

E foi um palpite preciso, pois Buddy assentiu. — Sim. Faturar sobre obturações e coroas quando havia feito apenas uma limpeza dental. Esse tipo de coisa. É óbvio que descobriram.

Miles lançou um olhar furioso para Mirtes, que tinha a sensação de que ele não iria perdoá-la tão cedo por forçá-lo a deixar um criminoso examinar seus dentes.

— E foi preso. — Mirtes arriscou.

— Exatamente. Ele confessou e como tinha uma ficha limpa, então saiu após cumprir apena mínima.

— Mas sua licença odontológica foi revogada na Virgínia Ocidental, é claro — concluiu Mirtes, parecendo de repente, horrorizada.

Buddy olhou de soslaio e deu de ombros. Ele parecia estar procurando algo para dizer, provavelmente para mudar de assunto.

Miles continuou olhando para Mirtes, esquecendo os soluços por um momento.

Mirtes continuou, ainda seguindo a linha de pensamento anterior: — Então, quando Charles voltou para a cidade, tinha a intenção de causar problemas? Ele poderia estar tentando chantagear o Dr. Bass? Faz alguma ideia do que ele estava fazendo na cidade, Buddy?

— Não tenho cem por cento de certeza, mas minha impressão geral sobre Charles é que, se ele estava vindo em sua direção, você deveria atravessar para o outro lado da rua o mais rápido possível. Ele sempre tentou criar problemas. Sei que ele nunca visitou Hugh na prisão e saiu da Virgínia Ocidental o mais rápido que pôde. E não admitiu o fato de que foi ele quem sugeriu a fraude.

Miles ficou calado enquanto saía da barbearia e insistiu em dirigir seu próprio carro, mesmo que isso significasse estragar seu disfarce. O radar de professora de Mirtes disparou enquanto caminhavam até o carro. Ela tinha certeza de que ele estava fazendo caretas pelas costas.

Por educação ou por hábito, Miles estacionou na entrada da garagem de Mirtes, em vez de fazê-la descer na garagem dele. Rever o caso seria melhor que aquele silêncio. Ela queria saber a opinião de Miles sobre algumas das coisas que aconteceram. Mas parecia que ele estava esperando apenas que ela saísse do carro.

Mirtes pigarreou: — Achei que foi uma visita de campo muito interessante. Buddy sugeriu que Hugh Bass tinha um motivo, quer tivesse consciência ou não do que estava fazendo.

Miles não respondeu, então ela continuou: — Ainda desconfio de Silas Dawson como o provável assassino. Afinal, crimes passionais acontecem o tempo todo e ele com certeza é louco por Annette. Depois temos Peggy Neighbours, que é outro exemplo de crime passional. Ela deve ter ficado arrasada quando seus avanços para Charles foram rejeitados. Ela deve ter se lembrado de quando estava no ensino médio e ele deixou a cidade sem olhar para trás.

Miles emitiu um grunhido e Mirtes não conseguiu distinguir como acordo ou desacordo e continuou falando: — O pai de Peggy, segundo Silas, ficou muito chateado por Charles por magoar a filha outra vez. Lee poderia ter matado Charles e então outra pessoa se vingou de Lee pelo assassinato. Talvez até Peggy!

Desta vez Miles revirou os olhos. E agora, Mirtes estava pronta para receber qualquer tipo de reação dele. — Então essa é a nossa lista de suspeitos agora. Dr. Bass, Silas Dawson, Peggy Neighbours e Lee Woosley. E você, é claro.

— Ou você! — rebateu Miles. — Os corpos apareceram no seu jardim, Mirtes. Talvez você tenha matado esses homens porque estava entediada e queria algo para se distrair.

Mirtes estava prestes a dar uma resposta agressiva, mas decidiu que seria melhor Miles expor quaisquer que fossem suas queixas.

A expressão de Miles era sombria quando se olhou no espelho. Ele estava mais deprimido por ouvir mais sujeira sobre o primo ou por causa do novo corte de cabelo? De fato, o cabelo parecia mais curto do que normal.

— O cabelo vai crescer — disse Mirtes, começando a ficar sem paciência. A viagem de volta foi um tormento. Ela tinha certeza de que seu querido neto nunca pareceu tão irritante quanto Miles naquela viagem de carro.

— Eu sei, mas nas próximas semanas serei obrigado a olhar esse cabelo supercurto no espelho do banheiro.

Mirtes piscou, incrédula. Ele estava mais irritado do que o normal enquanto segurava o volante. — Parece bom. É curto, mas não é um corte de cabelo ruim.

— E a colônia daquele cara me deu dor de cabeça. Acho que ele deve ter se banhado naquela coisa.

— Tenho ibuprofeno — disse Mirtes, vasculhando a enorme bolsa cinza.

— Além disso, tenho uma consulta odontológica para obturar uma cárie com um dentista criminoso e ex-presidiário.

— Mas o que ele fez é crime? Ou apenas uma atividade ilegal? Ou um caso de imprudência?

— O sujeito pode ser um assassino, Mirtes! Está começando a parecer que meu primo Charles veio à cidade para chantagear Hugh Bass por abrir um consultório e ter recuperado a licença odontológica.

— Tenho certeza de que a licença só foi revogada na Virgínia Ocidental. É mais provável que Charles estivesse tentando chantagear o Dr. Bass por causa da prisão. E aposto que essa não foi a *única* razão pela qual ele veio à cidade. Ele provavelmente também tentou enganar algumas pessoas enquanto esteve aqui — disse Mirtes, dando ombros.

— A questão é que você colocou meus dentes nas mãos de um criminoso que pode ser um assassino!

— Foi gentil da minha parte oferecer uma recepção depois do funeral — lembrou Mirtes, em voz baixa. Ela pensou que poderia já ter dito aquilo antes, mas achou o evento digno de ser mencionado outra vez.

— E durante a recepção o corpo de um morador local apareceu no seu jardim.

— Embora eu não tenha nada a ver com isso. — No entanto, aquilo era um ponto do qual ela não tinha tanta certeza.

— Alguém *poderia* argumentar — disse Miles. — Que ser seu amigo é perigoso.

— Será? — Mirtes suspirou. Ela costumava usar antolhos quando investigava um mistério. E sentiu que Miles estava indo longe demais.

— Acho... — começou Miles. — Que seria melhor para minha sanidade, minha pressão arterial e minha saúde de modo geral, se fizéssemos uma pequena pausa na nossa amizade. Talvez apenas durante a investigação desse caso.

— Uma separação temporária? — perguntou Mirtes. Infelizmente, a imagem dos dois envolvidos em uma relação conturbada a fez dar uma risada ofegante e a expressão de Miles lhe confirmou que ele não aprovava a ideia.

— Fico feliz que esteja levando isso tão a sério — disse Miles, em tom seco.

— Miles... — Mirtes olhou para ele com pesar. Estava com os sentimentos feridos.

Mirtes suspirou. Miles continuou olhando para a casa dela com determinação, pois era tão teimoso quanto ela. Era engraçado como ela ão tinha percebido isso antes.

— Vou me afastar por um tempo — concordou Mirtes e Miles deu de ombros.

Mirtes saiu do carro. Obrigada pela carona — disse, antes de fechar a porta.O que faria sem seu companheiro? E, verdade seja dita, seu motorista. Foi um dia desanimador.

Quando entrou em sua casa, percebeu que a porta dos fundos estava destrancada e entreaberta. Será que estava tão distraída pela manhã que nem sequer trancou a porta quando deixou comida para Pasha? Caminhou lentamente pela casa, olhando ao redor e atenta a qualquer som que indicasse a presença de um intruso.

Nada parecia quebrado, roubado ou danificado. E a TV ainda estava lá, o que provavelmente seria a única coisa em que um ladrão estaria interessado. Aquilo foi um alívio, porque ela esperava entorpecer a mente assistindo novelas. Continuou examinando a sala e ficou intrigada. Havia deixado suas anotações na mesa da cozinha? Ela se lembrou de tê-las deixado ao lado do computador na mesa na sala. E a tigela de doces com de balas de hortelã? Será que tinha colocado em cima da lareira?

A evidência do declínio de sua aptidão mental a desencorajou ainda mais. Mirtes fez questão de verificar se havia trancado as portas dos fundos e da frente e passou o resto da tarde em autopiedade diante das gravalções de *Tomorrow's Promise* e de uma enorme tigela de sorvete de *chocolate.* Com calda de chocolate.

Mirtes esperava que a discussão perturbadora com Miles resultasse em uma noite de insônia e embora tivesse adormecido bem cedo, às 21h, estava totalmente acordada à 1h da manhã. Olhou para o teto por alguns minutos em vez de se levantar, tentando voltar a adormecer.

Em vez de ficar sonolenta, sua mente ficou ainda mais ativa. Ela se viu preocupada com Miles, lamentando tê-lo deixado tão irritado e frustrado, o que não ajudou a combater a insônia.

Aquilo a levou a reflexões sobre o caso e a um súbito sentimento de insegurança. Em que estava pensando? Ali estava ela, uma mulher octogenária de memória aparentemente incerta, tentando conduzir uma investigação de assassinato. Como seria capaz de fazer isso? Havia um departamento de polícia na cidade, liderado por seu filho, sendo inclusive auxiliados pela polícia estadual, que foi bastante eficiente. De que adaintava tudo aquilo? Devia apenas ficar em casa e aprender a tricotar, assar biscoitos, ou queimá-los e se manter em segurança.

De repente, ela franziu a testa. Aquilo era um barulho no jardim? Sim, parecia vir naquela direção. Ela rapidamente se levantou da cama, vestiu o roupão, pegou a bengala e enfiou uma lanterna no bolso. E, como detestava aqueles livros e filmes em que a heroína vagava de forma estúpida por locais escuros e perigosos atrás de assassinos, pegou uma faca ao passar pela cozinha.

Olhou pela janela e percebeu que havia uma figura sombria entre os gnomos e era alta demais para ser um dos gnomos. E também ágil demais para ser um gnomo. Passou a bengala para a outra mão, segurou a faca de açougueiro na mão direita e franziu a testa outra vez. Como conseguiria abrir a porta enquanto segurava uma bengala e uma faca? Era complicado demais bancar um super-herói naquela idade. Por fim, escolheu a faca em vez da bengala, abriu a porta, deu um grito de guerra com a faca em punho.

A figura deu um grito estridente: — Pare! Mirtes! Me ajude!

Mirtes baixou a faca, pegou a lanterna de forma desajeitada com a mão esquerda e apontou para o rosto alarmado de Erma Sherman. Felizmente, Erma deixou cair sua própria arma, um taco de beisebol.

— Erma! O que está fazendo aqui?

Mirtes olhou ao redor e viu que havia ovos quebrados em todos os gnomos. — O que você fez? — Erma Sherman assassina? Irritante, sim. A pior vizinha de todas, sim. Alguém que alimentava esquilos de propósito e permitia que capim-colchão e erva daninha florescessem e se infiltrassem em seu jardim? Sim. Mas uma assassina? Não conseguia visualizar aquela possibilidade.

— Nada! Eu não fiz nada, Mirtes. Mas alguém apareceu no seu jardim e jogou ovos nos seus gnomos. Alguém está tentando irritá-la. — Erma apontou para uma luz que brilhava no jardim ao lado. — Cansei de ver cadáveres aparecendo no jardim ao lado do meu, então ontem instalei uma luz com sensor de movimento. Acendeu há alguns minutos, então saí para ver o que estava acontecendo. Acho que alguém invadiu meu jardim para chegar até o seu e jogar os ovos.

A notícia não ajudou a melhorar o humor de Mirtes. Então Erma teve a ideia de ser alertada quando houvesse atividades suspeitas no jardim. E para variar, Mirtes mais uma vez, não percebeu nada.

— Vou avisar Red. Ele precisa ser avisado.

Mirtes agarrou Erma pelo braço. —Não! Red vai ficar assustado se souber disso. Desta vez não há um cadáver, é apenas uma brincadeira. Um espírito maldoso, mas nada mortal ou perigoso.

Erma não parecia tão convencida. —Mirtes, você está sendo o alvo. Uma vítima. Não acha que seu filho devia saber disso para ajudá-la a se proteger?

O comentário bem-intencionada teve um efeito ainda mais irritante do que tudo o que Erma já tinha dito. E não foram poucos.

— Não sou uma vítima — disse Mirtes, mal-humorada.

Houve um barulho atrás delas e as duas se viraram com um suspiro, iluminadas pela luz de uma lanterna forte.

Era Miles, de roupão azul-marinho e chinelos. Ele olhou em silêncio para a estranha cena à sua frente. Erma olhou para ele boquiaberta, com o taco de beisebol aos pés. Mirtes pegou a lanterna e a faca. Gnomos cobertos de ovos completavam o cenário.

— Estão todas bem? — perguntou, em um tom que era mais uma afirmação do que uma pergunta e olhou mais uma vez para a cena. — Boa noite — disse de forma ríspida, se virou e foi embora.

Erma continuou tagarelando sobre sensores de movimento e dispositivos de segurança pessoal e em como Red poderia ter outras ideias. Mirtes encerrou a conversa convidando-a para comer biscoitos com leite e fazer uma viagem ao passado pelos álbuns de fotos. Erma recusou.

Enquanto voltava para casa, Mirtes sorriu para si mesma ao ver o brilho de interesse nos olhos de Miles. Ele também era um verdadeiro investigador, apesar de insistir em ser apenas um mero espectador. Ele não seria capaz de ficar longe do caso, ou dela, por muito tempo. Desta vez, quando voltou para a cama, caiu rapidamente em um sono profundo.

Erma estava certa, concluiu na manhã seguinte, enquanto lavava os gnomos com uma mangueira de jardim. Por mais que odiasse admitir que Erma poderia *estar* certa, Mirtes precisava comprar algo para se proteger. Conseguir uma arma àquela altura da vida não era uma opção muito atraente, além disso, era Red o instrutor do curso para obter porte de armas, e de alguma forma ela achava que o filho não ficaria muito satisfeito se a mãe se matriculasse nas aulas.

O spray de pimenta parecia a melhor opção. Se alguém voltasse a espreitar a casa ou o jardim, ela os expulsaria com spray de pimenta vermelha e a bengala.

Mirtes também não tinha dúvidas de que alguém havia entrado em sua casa. Ela acordou naquela manhã com a convicção de que *não* estava imaginando coisas e não estava perdendo a memória. Alguém entrou na casa e mudou as coisas de lugar, provavelmente para lhe deixar confusa.

E essa pessoa tinha uma chave. Não sabia como aquilo era possível, mas era verdade. Não forçaram a entrada, tampouco haviam janelas quebradas ou fechaduras arrombadas. A pessoa com certeza usou uma chave.

Mirtes se lembrou da ansiedade no meio da noite e pensou que talvez precisasse desistir de investigar e prezar pela própria segurança. Estava na casa dos oitenta. O tempo de segurança não havia se esgotado? Quem *se importa* com a segurança quando se é octogenário? A pessoa já viveu uma vida longa e ninguém iria ao seu funeral para lamentar por você ter morrido jovem. Não, o que Mirtes queria entusiasmo e estímulo. Se estava perdendo a memória, e agora ela tinha certeza de que alguém esteve em sua casa para fazê-la se sentir que estava ficando com demência senil, então deveria exercitar mais a *memória*. Não iria simplesmente desistir. Estava decidida a descobrir quem a estava atacando e os faria pagar por isso.

Capítulo Dezesseis

Mirtes chegou no centro da cidade assim que as lojas abri-
ram. Havia uma pequena loja de artigos esportivos que
funcionava no mesmo local há sessenta anos. Provavelmente já
se passaram quarenta anos desde a última vez que esteve lá comprando uma bola de futebol ou uma bola de beisebol para Red.

Desta vez foi um pouco diferente. O funcionário olhou para
ela em dúvida. — Spray de pimenta vermelha? A senhora acha
mesmo que vai precisar disso aqui em Bradley? Com um policial
morando do outro lado da rua?

Era outro ex-aluno. E também era idoso, como muitos de
seus ex-alunos eram agora. — Veja bem, Mike, você sabe o que
aconteceu no meu jardim, não uma, mas duas vezes. Acho que
preciso de toda a autoproteção que puder conseguir — disse e
lançou o mesmo olhar que costumava dar quando ele estava falando em sua aula tantos anos antes.

Mike suspirou. — Não vou discutir com a senhora. Não
queria me aproveitar, pegando seu dinheiro por um produto que
provavelmente será inútil, só isso.

O homem *ainda* estava discutindo com ela, de maneira indireta? — Mirtes continuou o encarando enquanto ele registrava a compra.

Assim que a tarefa foi finalmente concluída com sucesso, Mirtes voltou para casa. Ela também gostaria de instalar algumas luzes com sensor de movimento e trocar as fechaduras, porém isso seria algo complicado, considerando que seu faz-tudo foi assassinado. Não queria pedir a ajuda de Red, porque isso iria voltar a preocupá-lo e tudo que ela não precisava era ser enviada para a casa de repouso Pastos Verdejantes.

— Dan poderia fazer isso — disse uma voz rouca atrás dela e Mirtes pulou assustada e se virou, segurando a bengala para se defender.

Era Wanda, desgrenhada como sempre, observando-a com aqueles olhos sombrios.

Foi muito assustador que Wanda parecesse saber das medidas de segurança que ela queria que fossem tomadas em sua casa.
— O que está querendo dizer? — perguntou, a voz soando mais arrogante do que pretendia.

Wanda estendeu a mão manchada de nicotina e apontou para a sacola de papel que Mirtes carregava. — Está querendo trocar as fechaduras e instalar mais luzes, certo? Assim como comprou um spray. Está quernido se sentir segura. Dan pode ajudá-la.

Era óbvio que Wanda a observou na loja de artigos esportivos enquanto ela comprava o spray de pimenta. E provavelmente também encontrou Erma naquela manhã. Sem dúvida, Erma estava espalhando para a metade da cidade sobre *suas* novas luzes detectoras de movimento e como ajudaram a afugentar um vilão no jardim de sua vizinha idosa. Mas mudar as fechaduras? Mirtes não conseguia imaginar como Wanda poderia saber disso. Estremeceu com o pensamento e resolveu enfrentar a situação.

— Dan Doido pode me ajudar a trocar as fechaduras e instalar sensores de movimento? — Mirtes nem tinha certeza se o casebre coberto de calotas onde moravam Dan e Wanda tinha fechadura. Era certo que não tinha detectores de movimento. Talvez até não tivesse eletricidade de forma regular, dependendo da frequência com que pagavam as contas.

— Ele era serralheiro — disse Wanda, dando de ombros. — Às vezes ainda faz biscates.

— Muito bem. Então, acho que ele está contratado. Pode convencê-lo a vir aqui esta tarde para fazer os trabalhos?

Wanda lançou um olhar firme. — Como eu meio que sabia que isso aconteceria, ele veio comigo — disse, apontando para o outro lado da rua. Dan Doido estava encostado em um poste de luz e acenou de modo indiferente.

Essa coisa de premonição era algo insuportável. Fazia você se sentir como se estivesse sempre um passo atrás. — Tudo bem — concordou Mirtes, um pouco irritada. — Peça para seu irmão ir até a loja de ferragens e comprar as fechaduras e as luzes com sensor de movimento.

— Ele já comprou — disse Wanda, acenando com a cabeça para Dan, que ergueu uma sacola plástica.

— Então peça para ele voltar à loja e comprar chaves reserva — disse Mirtes, com os dentes cerrados.

— Ele também já comprou. — Wanda acenou outra vez para Dan, que ergueu uma sacola marrom, de tamanho menor que aparentemente continha chaves extras.

— Está bem. Então vamos entrar. — Às vezes, morar naquela cidade fazia com que se sentisse parte de um circo.

Wanda começou a andar e Mirtes a deteve. — Wanda, você não pode me dizer nada *útil*? Na verdade, não me interessa se você estava cinco passos à frente do meu projeto de segurança residencial, mas adoraria saber quem é a pessoa por trás de tudo isso.

— Não *faz* assim.

— Não? — Mirtes suspirou. Esperava que a gramática de Wanda e Dan Doido não fosse contagiante.

— Não. Aceito as visões conforme surgem. Estou bloqueada por causa desses assassinatos.

— Você não parecia tão bloqueada no dia em que fui à sua casa — disse Mirtes, erguendo as sobrancelhas. — Podia jurar que você sabia algo sobre a morte de Charles. Por causa da noite em que veio aqui, tentando ficar de olho em Miles. Acho que você viu algo... Não foi uma visão. Você viu algo com seus próprios *olhos*.

Wanda arregalou os olhos e depois desviou o olhar.

— Wanda! Diga o que viu!

A vidente deu um suspiro profundo e sibilante, típico de fumantes e disse: — Vi Lee Woosley conversando com Charles no seu deque. Estavam discutindo.

— Ouviu sobre o que estavam discutindo? Viu o assassinato?

Wanda franziu a testa. — Não. Fui embora. Achei que tinha confundido as visões. Não disse nada porque não queria que aquele cara viesse atrás de mim e de Dan. E não tive nenhuma visão sobre quem fez isso, mas tenho uma sensação. Mais de uma.

Mirtes podia adivinhar qual seriam essas sensações. Ninguém sai batendo na cabeça das pessoas com gnomos e pás, a menos que estivesse com *raiva*.

— A raiva é uma delas — disse Wanda, provando que Mirtes estava certa. — E a outra é o medo.

Uma combinação potente, com certeza.

DE VOLTA À CASA, DAN Doido instalou rapidamente as luzes com sensor de movimento. Depois colocou as chaves extras na bancada e pegou a caixa de ferramentas surrada para trocar as fechaduras das portas.

Mirtes hesitou. — Ah, Dan. Pode voltar dentro de alguns dias para terminar o serviço. Não precisa ser agora.

Wanda ergueu as sobrancelhas desenhadas a lápis e Mirtes ficou satisfeita por ter conseguido surpreender a mulher.

— Alguns dias? — perguntou Dan. — Você pode estar morta até lá.

— Obrigada pelo aviso, estou bem ciente desse fato. No entanto, é isso que eu gostaria. Volte em alguns dias para terminar o trabalho.

Dan fechou a caixa de ferramentas, revirou os olhos para Wanda e saiu da casa em direção ao veículo surrado que os trouxe até ali.

Wanda permaneceu por um momento e murmurou com a voz arrastada: — Não faça joguinhos.

— Pare com isso, Wanda. Já sei o que você vai dizer. *Estou em perigo.* Essa é a sua previsão habitual a meu respeito. Mas sabe de uma coisa? Corro perigo só de acordar todas as manhãs, mesmo quando não há um assassino em um raio de trezentos quilômetros. Corro perigo apenas ao entrar e sair do chuveiro, pisando em tapetes e subindo escadas. Mas isso não vai me deter e não vou viver o que ainda resta da minha vida com medo de banheiras *ou* de assassinos — disse Mirtes com o queixo erguido.

Desta vez, Wanda a olhou com admiração em vez de apreensão. Ela assentiu pensativa e depois se juntou a Dan para voltarem para casa.

Mirtes ligou o computador e escreveu um post no blog do *Bradley Bugle*. Era bom que Red não tivesse o hábito de ler o blog do jornal, caso contrário ficaria furioso se lesse aquela postagem.

Depois se sentou em frente à TV para assistir *Tomorrow's Promise* e fez exercícios na poltrona por trinta minutos. Porque Wanda estava certa – ela *estava* em perigo.

AQUELA NOITE FOI TRANQUILA e o dia seguinte também. Mirtes planejava trabalhar no caso, mas Elaine perguntou se poderia cuidar de Jack enquanto ela fazia algumas tarefas. Jack adormeceu de pura exaustão depois de brincar de caminhão com Mirtes por mais de uma hora. Enquanto ele cochilava, ela escreveu outra postagem curta para o *Bradley Bugle*. Não havia nada para relatar, mas Sloan ficaria irritado se não houvesse nenhuma atualização no blog.

No meio da noite, os sensores de movimento dispararam. Com o coração acelerado, Mirtes pegou o spray de pimenta e a bengala. Mantendo as luzes apagadas, ela se caminhou em direção à janela da cozinha.

Pasha, a gata, estava piscando sob a forte iluminação, mas novamente *havia* algo morto no jardim. Uma cobra.

Mirtes abriu a janela para falar com o animal. — Pasha — sibilou. — Espero que coma essa coisa.

Pasha ergueu o olhar demonstrando pouco interesse.

Que ótimo.

Mirtes fechou a janela e decidiu desligar manualmente os detectores de movimento pelo resto da noite. Uma das janelas do seu quarto dava para o jardim e o brilho das luzes iria mantê-la acordada a noite inteira. Aquilo a fez se questionar se havia cometido um erro. Pasha podia fazer qualquer pessoa tropeçar todas as noites. Além disso, se estava tentando prender o assassino, não fazia sentido usar os sensores de movimento, pois as luzes certamente assustariam qualquer intruso.

Ela voltou para o quarto e olhou para a cama. Estava com sono? Não. Como sempre, estava bem acordada. Não adiantava se debater na cama, tentando adormecer enquanto estivesse acordada. Sentiu o estômago roncar. Um lanche à meia-noite seria uma boa opção. Ou melhor, um lanche às 3h da manhã, pensou ao olhar para o relógio.

Acendeu as luzes e fez um sanduíche de queijo apimentado. Quando houve uma leve batida na porta dos fundos, ela quase pulou e foi parar no teto com o susto.

Pegou o spray de pimenta e correu para a porta. Era Miles.

— Vi as luzes acesas — disse em tom seco.

Mirtes manteve a porta aberta, se enconstando no batente.

— Você não é um assassino — murmurou.

— Estava esperando por um? — perguntou Miles, em tom brincalhão e Mirtes notou que ele parecia um pouco envergonhado.

— Sim. Na verdade, estava. Os assassinos parecem estar usando meu jardim como ponto de encontro. O que está fazendo aqui?

Miles estava tendo dificuldade em fazer contato visual. Ele pigarreou, fez uma pausa e voltou a pigarrear. Finalmente, suspirou e disse: — Sinto sua falta.

Mirtes abriu a boca para falar, mas esperou para ver o que ele diria em seguida.

Miles tirou os óculos e limpou cuidadosamente qualquer mancha real ou imaginária que havia neles. — Sempre pensei que nossa amizade fosse uma via de mão única. Você parecia precisar mais de mim do que eu de você. E precisava de alguém para visitar no meio da noite, de alguém para ouvir seus argumentos, de uma carona e de um parceiro para as investigações.

Mirtes assentiu. Às vezes parecia mesmo uma via de mão única, embora ela tendesse a ignorar o desequilíbrio, imaginava que de alguma forma, Miles também precisava dela.

Ele pigarreou e disse: — Ontem, tive outra reunião de conselho. Inútil e monótona como sempre.

Miles fazia parte do conselho de várias organizações sem fins lucrativos. Essas reuniões o deixavam louco, e Mirtes se perguntava por que ele continuava fazendo aquilo.

— Depois que finalmente saí de lá, tudo o que queria fazer era ligar para você para que pudéssemos rir das pessoas pretensiosas que comandavam a reunião.

— Aquelas que gostam de ser o centro das atenções? E que usam todo aquele jargão de negócios?

— E que tagarelam sem parar e nunca dizem nada. Pelo menos, nada que faça sentido — completou Miles, suspirando.

— Uma reunião enfadonha fica muito melhor quando se pode compartilhar os detalhes bizarros com um amigo.

— E também tive que ir a um dentista em Simonton. Para obturar o dente.

— Ah. Imaginei que você não queria mesmo se consultar o Dr. Bass.

— Na verdade, eu *liguei* para o consultório de Bass. Eu tinha uma consulta agendada para a próxima semana, mas o dente estava começando a me incomodar e precisava ser obturado logo, mas ele está tirando alguns dias de folga. Então fui a outro dentista e percebi que ficava mais tranquilo indo ao dentista na sua companhia.

Interessante. Miles não parecia muito relaxado quando foram ao consultório do Dr. Bass. Mas ela não iria dissuadi-lo das boas lembranças.

— Além disso, não consigo parar de assistir aquele programa idiota.

— Que programa? — perguntou Mirtes, piscando com ironia.

— Aquela novela idiota!

— Está se referindo à *Tomorrow's Promisse*?

— Sim. E me sinto péssimo assistindo sozinho, porque é um prazer culposo. Preciso que assista comigo. De alguma forma, não parece tão horrível quando é uma atividade em grupo.

— Duas pessoas formam um grupo? — perguntou Mirtes, com a voz duvidosa. — Achei que duas pessoas fossem apenas um casal.

— E também fiquei me perguntando como estava o andamento do caso. Além de tudo você me tornou um doido por investigação. — Miles estendeu a mão. — Podemos volta a ser amigos?

Mirtes apertou a mão dele.

— E agora que fizemos as pazes, pode me contar o que está fazendo para tentar capturar o assassino? Porque tenho certeza de você está perto de fazer isso.

— Bem, escrevi um post para o blog do *Bradley Bugle* revelando que minha reportagem investigativa estava me levando a algumas pistas importantes que pareciam apontar para um determinado indivíduo. E acrescentei que, depois de juntar todas as peças do quebra-cabeça, compartilharia minhas descobertas com a polícia estadual e os leitores do *Bugle* teriam uma matéria exclusiva.

— Entendi. E você está esperando que quem quer que esteja tentando assustá-la, volte e a silencie para sempre.

— Algo assim. Mas tecnicamente não esperava que o assassino tentasse me matar esta noite, porque agendei a postagem para amanhã cedo. E estou muito feliz que você tenha vindo porque eu estava prestes a engolir meu orgulho e perguntar se você poderia ser meu reforço amanhã à noite.

Pela primeira vez, Miles não hesitou como costumava fazer quando Mirtes pedia sua ajuda com um caso. Ele realmente *devia* estar sentido falta de estar envolvido. — Claro! O que precisa que eu faça? — perguntou.

— Está livre amanhã?

— Sim, acho que não tenho nada para fazer amanhã.

— Quer fazer uma festa do pijama?

Miles franziu a testa. — Voltarmos a ser amigos é uma coisa, Mirtes, mas fingir que temos seis anos de idade é bem diferente.

— Não! Não é nada isso. Quero saber se você pode vir aqui para fazermos uma vigilância. Depois que a postagem for publicada no blog do *Bugle* e eu começar a tagarelar pela cidade sobre o meu progresso com a investigação, acho que o assassino pode fazer outra visita à minha casa amanhã à noite. Isso significa que posso pegá-lo em flagrante, já que não tenho nenhuma prova sobre minhas suspeitas.

— Então você sabe quem fez isso?

— São apenas suspeitas. Saberei com certeza amanhã à noite. Então, o que me diz? Poderíamos apenas ficar na sala com as luzes apagadas. Talvez ler com algumas luzes de leitura.

— Parece emocionante — disse Miles, revirando os olhos.

— Erma não vai encontrar uma desculpa para vir nos espiar e ver se estamos envolvidos em um romance secreto?

— Não. Encontrei uma maneira de assustá-la. Albuns de fotografias. Aparentemente, ela é tão alérgica a álbuns de fotos quanto a gatos. O que é bom, porque meus álbuns estão sempre por perto e Pasha não é confiável.

— E vai ser divertido — continuou Mirtes. — Se alguém invadir a casa com a chave da porta, você simplesmente desaparecerá de vista. Tenho spray de pimenta e a bengala e você poderá surpreendê-los quando chegarem perto. Parece razoável?

— Não sei se dois idosos determinados a combater o crime atacando um assassino no meio da noite é razoável, mas é factível. A que horas quer que eu venha amanhã à noite?

— Não muito cedo, porque é mais provável que esse cara aparecerá no meio da noite.

— Ou em plena luz do dia. E quanto a Lee? Ele foi assassinado por volta das 10h da manhã.

— Mas o objetivo do assassino era não ser descoberto. E quando era mais provável que ele passasse despercebido? Quando todos estavam no funeral de Charles Clayborne. Então estou pensando que o assassino é inteligente o suficiente para não querer aparecer na minha casa quando os vizinhos ainda estão acordados e podem olhar pelas janelas.

— Acha que eu deveria vir por volta das 23h ou um pouco mais tarde?

— Acho que sim. E seja muito discreto quando vier. Não fique tilintando moedas no bolso, assobiando ou algo do tipo.

— Como sempre faço — disse Miles, com um suspiro e os dois compartilharam um sorriso. Felizmente, as coisas voltaram ao normal.

Capítulo Dezessete

Na manhã seguinte, Mirtes verificou o computador e viu que sua postagem no blog tinha sido publicada conforme programado.

Havia também outro post interessante no blog do *Bradley Bugle*. Aparentemente, Connie Clayborne estava oferecendo uma recompensa por informações envolvendo o assassinato do filho. Mirtes arregalou os olhos. Era uma recompensa de cinco mil dólares. A melhor parte de tudo é que Connie estava apenas pedindo informações, não que o assassino fosse preso.

Houve uma leve batida na porta da frente. Aquilo era incomum às 7h da manhã, mas não tão assustador quanto a batida inesperada na noite passada. Mirtes olhou pela janela da frente e viu Annette parada, ainda com o uniforme do hospital.

— Olá, Sra. Mirtes. Estou voltando para casa, então não posso entrar para uma visita. Achei minha bolsa e queria avisá-la para que a senhora não precisasse continuar procurando. Deslizou para baixo do banco da frente do carro e por isso não conseguia encontrá-la.

Mirtes havia esquecido completamente da bolsa, mas se apressou em dizer: — Que bom! Fico feliz que encontrou. —

Ela notou que Annete estava com olheiras. Seriam por trabalhar no turno da noite no hospital? Ou por algum outro motivo? — Está tudo bem? Você parece preocupada.

Annette deu de ombros. — Não é nada demais. É que Silas e eu ainda estamos estremecidos. Também tivemos uma discussão antes de eu sair para o trabalho ontem à noite. E meio que estou com receio de voltar para casa.

— Sobre o que estavam discutindo? Ainda sobre o seu relacionamento com Charles?

— Esse assunto sempre surge, mesmo que tecnicamente não seja o motivo principal das discussões. Mas ontem à noite discutimos por causa de Charles e descobri que Silas havia seguido Charles na noite em que ele morreu. — Annette mudou o peso de um pé para o outro de forma desconfortável.

— E ele disse mais alguma coisa depois? Ele não confessou ter matado Charles, confessou?

— Não. Foi mais ou menos nessa hora que saí para o trabalho, pois acabaria chegando atrasada se não saísse logo de casa. Além disso, toda a conversa estava me fazendo mal. Não acredito que Silas fosse capaz de matar alguém, mas já é ruim o suficiente ele ter se encontrado com Charles noite do assassinato. — Annette estava pálida e com uma expressão triste.

— Vai questioná-lo sobre isso quando chegar em casa? A que horas Silas sai para trabalhar?

— Ele costuma sair por volta das 9h, então tenho algum tempo. Estava pensando em ir ao Bo's Diner, tomar café da manhã até dar tempo para ele sair de casa. Não pretendia perguntar mais nada sobre o asssunto. Toda a conversa estava me deixando enjoada, mas também não suporto não saber o que aconteceu.

— Annette hesitou. — Sra. Mirtes, não me sinto confortável em lhe pedir isso, mas é que a senhora parece muito interessada e prestativa. Será que a senhora poderia...?

— Adoraria! — Mirtes se apressou em responder e em seguida pensou que era tamanho entusiasmo era inapropriado, então acrescentou: — Quero dizer, é claro que ficaria feliz em ajudá-la e perguntar a Silas o que aconteceu na noite em que Charles foi assassinado. Na verdade, você deve ter visto minha postagem no site do *Bradley Bugle* hoje. Estou realmente chegando perto de descobrir quem está por trás desses assassinatos.

Annette franziu a testa como se não conseguisse imaginar por que Mirtes estaria investigando os assassinatos.

— Estou fazendo algumas reportagens investigativas para o jornal. Sou correspondente deles, como você deve saber.

— Não sabia disso — respondeu Annette, ainda parecendo em dúvida. — Não costumo ler o jornal, mesmo online. — Então, de repente ela arregalou os olhos, alarmada. — A senhora não vai escrever nada sobre Silas no jornal, vai? Ou contar a Red? — Annette parecia ainda mais apavorada.

— Não, não vou publicar nada no jornal sobre isso. E, acredite, estou tentando ficar o mais longe possível de Red. Ele está convencido de que preciso ser internada na casa de repouso Pastos Verdejante. Qual é a melhor maneira de abordar Silas? Sei que ele é eletricista. Ele costuma ficar na loja ou passa a maior parte do tempo atendendo a chamados?

— Depende. Talvez seja melhor a senhora ir até lá agora, antes que ele saia para o trabalho. Ele se arruma logo que acorda e depois assiste um pouco de TV comendo cereal antes de sair, então a senhora não vai atrapalhar a rotina dele.

Annette se despediu e Mirtes se arrumou para encontrar Silas. Ela hesitou por um segundo e depois ligou para Miles. — Sei que é cedo, mas se importa de ir comigo até a casa de Silas Dawson?

MILES NÃO SE IMPORTOU muito, mas levou mais dez minutos para se arrumar. Quando finalmente estacionou na garagem dela, Mirtes estava preocupada com a possibilidade de Silas já ter saído para trabalhar.

— Entendo que você precisa de carona para chegar rápido à casa de Silas, mas por que quer que eu vá junto?

Mirtes bufou. — Porque acho que fiquei paranóica. Alguém está tentando confundir a minha cabeça. Entraram na minha casa, fizeram brincadeiras de mau gosto e assassinaram pessoas no meu jardim. Então pensei que talvez Annette e Silas estivessem armando para que eu fosse até a casa deles para me matarem. — Ela deu uma risada curta com um leve tom de histeria.

Miles arregalou os olhos por trás dos óculos de aro metálico. — Você não acha mesmo que *isso* vai acontecer, acha?

— Não, mas foi muito conveniente para Annette vir até a minha casa e me pedir para fazer perguntas a Silas sobre o assassinato. Foi apenas algo que me passou pela cabeça, só isso. Tenho certeza de que ela estava procurando alguém que a ouvisse, para

que não tivesse que se preocupar por estar morando com um assassino.

Mirtes deu um suspiro de alívio quando estacionaram na
garagem de Silas e viu que a van ainda estava lá.

— Qual é a desculpa desta vez? — perguntou Miles baixinho enquanto saiam do carro. — Não vai usar aquela história da
bolsa, vai?

— Não, e isso não era uma história! Era verdade. Apenas
vou contar a ele o que postei no blog esta manhã. Que estou
escrevendo uma reportagem investigativa para o jornal e se ele
poderia responder algumas perguntas.

Miles parecia desconfortável. — A propósito, eu li a
postagem no blog. Achei que exagerou, dizendo que estava
quase descobrindo quem era o assassino e que o exporia no jornal.

— Bem, tive que ser rigorosa para que o assassino viesse atrás
de mim. Além do mais, estou sendo cautelosa, Você vai para a
minha casa às 23h e estamos preparados. E caso o nosso assassino, ou *assassinos*, não lerem o post do blog do jornal, vou espalhar a notícia por aí.

Mirtes bateu na porta com a bengala. Silas atendeu e ergueu
as sobrancelhas quando a viu. — Trouxe mais bolsas feias para
me mostrar? Preciso terminar de me preparar para o trabalho. A
senhora pode ser rápida?

Silas não parecia estar de bom humor e lançou um olhar irritado para Mirtes e Miles.

— Talvez você não esteja ciente, Silas, mas sou repórter investigativa da equipe do *Bradley Bugle*.

Mirtes fez uma pausa para deixar Silas absorver a importância daquele cargo, mas ele não parecia impressionado. Ela continuou, com um tom de voz mais firme: — Estive investigando os assassinatos de Charles Clayborne e Lee Woosley. Uma testemunha colocou-o perto da cena do crime, pouco antes de Charles Clayborne ser assassinado. Esta mesma testemunha disse que você estava seguindo a vítima. — Não era necessário mencionar que a *testemunha* era Annette.

Silas mostrou os dentes e Miles pigarreou e engoliu em seco, como se a garganta tivesse ficado seca de repente.

— Por acaso esta testemunha não seria minha esposa, seria?

Mirtes ergueu o queixo, encarando Silas. Era bom ser alta, mesmo que estivesse encolhendo nos últimos anos. — Não. No entanto, não tenho liberdade para revelar qualquer informação sobre minhas fontes.

De alguma forma, o olhar frio e o senso de autoridade que Mirtes ainda conseguia demonstrar, mesmo depois de anos de aposentadoria do ensino escolar, foram suficientes para convencer Silas.

— Sim, eu o segui na noite em que ele morreu. No entanto, não o matei.

— Por que não contou à polícia? — Miles se arriscou a perguntar.

— Por que você acha? — zombou Silas. — A polícia teria atribuído o assassinato a mim. Não sou o culpado, mas tiro o chapéu para o cara que fez isso.

— Por que estava seguindo Charles? — perguntou Mirtes.

— Estava dirigindo sem rumo, tentando acalmar os nervos. — Silas fez uma pausa e olhou para o rosto duvidoso de Mirtes.

— Está bem, foi mais do que isso. Estava olhando para ver se via o carro de Annette em algum lugar onde não deveria estar. Queria descobrir o que ela estava fazendo e se ainda estava tendo um caso com Charles. Foi quando o avistei caminhando em direção à sua casa. — Ele acenou para Mirtes. — Havia uma mulher o seguindo, mas estava muito escuro e não consegui ver quem era.

Mirtes franziu a testa. — Uma mulher *seguindo* Charles? Então os dois não estavam juntos?

— Bem, eu pensei que os dois estavam juntos. Estacionei a van um pouco longe para não assustá-los. Achei que talvez pudesse conseguir alguma prova de que Annette não tinha terminado o relacionamento. Mas logo depois que estacionei a van, recebi uma ligação de um de meus clientes regulares no celular. Quando desliguei o telefone, voltei a olhar para onde tinha visto Charles e a mulher. — Silas fez uma pausa e continuou com um suspiro: — Quando cheguei ao seu jardim, não havia sinal da mulher. E Charles Clayborne estava morto, caído no chão.

Mirtes respirou fundo. — Então... Annette...

Silas a interrompeu: — Não! Annette tinha um álibi. Ela ainda estava trabalhando no turno diurno e precisou ficar no hospital quando o plantão terminou. Então Annette estava trabalhando na frente de várias testemunhas quando Charles Clayborne foi morto.

Então quem era a mulher?

— ENTÃO QUEM ERA A MULHER? — perguntou Miles, como se tivesse lido os pensamentos de Mirtes, enquanto voltavam para casa.

— Acho que devia ser Peggy Neighbours. Ela estava apaixonada por Charles. Posso imaginá-la seguindo e tentando convencê-lo de que precisava se casar com ela e assumir a paternidade da filha deles.

Miles assentiu. — Então ele a rejeitou de novo, talvez de forma ainda mais cruel desta vez e ela bateu na cabeça dele com seu gnomo viking?

— Talvez. Afinal, ainda estava magoada e frustrada.

Miles parou o carro na entrada da garagem de Mirtes. Puddin estava agachada no jardim da frente, perto de um gnomo com um sorriso bobo que segurava uma caneca de cerveja.

— Está bem, desisto — disse Mirtes. — O que acha que ela está fazendo ali ao lado do gnomo embriagado?

— Tenho uma leve suspeita. — Miles estava com uma expressão sombria. — Talvez seja por isso que as pessoas têm entrado e saído da sua casa, sem invadir.

Mirtes ficou intrigada com a afirmação e olhou com mais atenção pela janela do carro. Puddin agora passava a mão pelo chão ao redor do gnomo bêbado. Ela tinha uma expressão confusa no rosto.

— Deixe-me adivinhar — disse Mirtes, com os dentes cerrados. — Puddin tem guardado a chave da minha casa na caneca de cerveja do gnomo. Não embaixo do gnomo, mas à vista de qualquer um que estivesse prestando atenção, mesmo que de forma casual.

— E agora, parece que a chave sumiu. Para grande surpresa de Puddin.

Mirtes abriu a porta do carro e se atrapalhou com a bengala. — Obrigada pela carona, Miles. Até mais tarde.

— Tenha cuidado.

— Ah, não acho que o assassino venha atrás de mim em plena luz do dia.

— Não é sobre isso. Estou dizendo para ter cuidado para não ficar brava com Puddin. Você não precisa de um corpo no jardim da *frente.*

— Vou ficar bem — disse Mirtes. Era mais um mantra do que uma promessa. — Na verdade, estou impressionada que ela tenha aparecido para limpar a casa por vontade própria.

— Devem ter gastado todo o dinheiro nas férias. Acho que ouvi o cortador sendo ligado no jardim dos fundos.

— Graças a Deus. A grama estava mais alta que meus joelhos! — Mirtes fechou a porta do carro e foi caminhando, batendo com a bengala até onde Puddin estava agora, de quatro, procurando a chave.

— Perdeu alguma coisa, Puddin?

Puddin ergueu o olhar. — A chave. Você tirou daqui? Estava querendo limpar a casa, mas a porta está trancada.

— Não, mas com certeza teria tirado se soubesse. Puddin, sabia que qualquer pessoa pode vê-la aqui abaixada, pegando ou guardando a chave? Então, se alguém quiser invadir a minha casa, você está facilitando as coisas.

Puddin olhou para os dedos grossos e começou a tirar o esmalte das unhas. — Mas você me deu uma chave para que eu pudesse limpar a casa na sua ausência.

— Achei que você tivesse colocado a chave no seu chaveiro! — explodiu Mirtes. — Sabia que eu posso contar a Red sobre isso?

Agora Puddin ficou apreensiva. Aparentemente, ela teve alguns pequenos incidentes no passado, que a fizeram ser cautelosa com a aplicação da lei. — Como assim? — perguntou, apertando os olhos por causa do sol.

— Quando você colocou minha chave em exposição pública, alguém se aproveitou disso e esse indivíduo tem entrado na minha casa desde a última semana. O que você fez foi ajudar e encorajar esse criminoso.

Puddin parecia estar decifrando o vocabulário da última frase.

— Você pode ter problemas por ajudar essa pessoa. Talvez Red até pense que foi *você* quem invadiu a minha casa. Afinal, você está muito familiarizada com as minhas coisas. E meus objetos de valor.

Os objetos de valor de Mirtes consistiam em uma tigela de porcelana Wedgewood lascada que pertenceu à sua mãe e uma bandeja de prata esterlina manchada. Mas Puddin não saberia o valor dessas coisas.

Puddin ficou ainda mais pálida do que de costume. — Não conte a Red, Sra. Mirtes. O que quer que eu faça?

Com dificuldade, Mirtes manteve a expressão séria. — Pode começar nunca mais escondendo a minha chave em lugar nenhum. Não que tenha realmente escondido, já que qualquer pessoa pode ter visto.

Puddin acenou com a cabeça e colocou a mão sobre o coração com os dedos cruzados.

— E também poderia se esforçar ao *limpar* a minha casa. Não basta empurrar a poeira de uma parte da mesa para a outra. Não aspire apenas o meio da sala. Comece a colocar os óculos na hora de limpar. Sim, eu sei que está fazendo o trabalho doméstico meio às cegas! E às vezes tenho certeza de que você não faz nada, apenas borrifa aromatizador de limão em todos os cômodos para deixá-los com cheiro de limpo.

Puddin parecia um tanto envergonhada.

— E diga a Dusty para ser mais agradável. E você também!

Aquele velho e familiar olhar taciturno estava começando a surgir no rosto de Puddin, então Mirtes achou que era hora de parar com as exigências.

Puddin considerou as palavras de Mirtes por um ou dois segundos e depois assentiu. — Está bem. Dusty está lá no jardim dos fundos cortando a grama.

Se Mirtes soubesse como seria fácil chantagear Puddin, já teria feito isso anos atrás.

Capítulo Dezoito

P eggy Neighbours era a próxima na lista de suspeitos com quem Mirtes queria conversar. Ela tinha certeza de que foi Peggy quem Silas tinha visto na noite em que Charles foi assassinado.

Peggy trabalhava quase todos os dias como garçonete no Bo's Diner, no centro de Bradley. Mirtes esperou até o meio da tarde, imaginando que seria o horário de menor movimento do restaurante e fez uma curta caminhada até o local.

Uma sineta tilintou quando ela a abriu porta e o aroma de legumes refogados invadiu suas narinas. Mirtes morou em Bradley a vida toda e o restaurante ainda mantinha as mesmas características. Paredes com painéis de madeira escura, as mesmas mesas verdes com tampo de fórmica, o balcão de almoço e impecavelmente limpo. A única mudança era que o local agora era administrado pelo jovem Bo, que assumiu o negócio após a morte do pai.

Como esperado, o restaurante estava tranquilo às 3h da tarde. E Peggy Neighbours estava na escala do dia. Mirtes se sentou e quando uma garçonete apareceu, ela perguntou se Peggy poderia atendê-la.

Peggy apareceu imediatamente. — Olá, Sra. Mirtes. Como vão as coisas? Clarisse disse que a senhora pediu para eu atendê-la?

— Se você estiver disponível. E também queria lhe fazer algumas perguntas. Ah, e vou querer um cachorro-quente com molho de queijo apimentado. — Mirtes adorava esse cachorro-quente servido com acompanhamento de batatas fritas.

— Vou levar o seu pedido e já volto. — Um minuto depois, Peggy estava de volta e se sentou em frente à Mirtes. — Avisei ao Bo que a senhora queria conversar comigo e ele disse que eu podia fazer um intervalo. De qualquer forma, o restaurante está vazio.

Bo deve ter pensado que Mirtes estava sozinha e precisava de companhia. Excelente. O que quer que fosse, daria tempo para conversar com Peggy por alguns minutos. — Não sei se você sabe, mas escrevo para o *Bradley Bugle*. Estou trabalhando em uma matéria investigativa sobre o assassinato de Charles Clayborne e estou tendo algum progresso. Na verdade, estou juntando as últimas peças do quebra-cabeça e espero mostrar para Red amanhã.

Mirtes ficou satisfeita com a maneira como estava espalhando a notícia da solução do mistério. Com certeza, o assassino viria atrás dela esta noite.

Peggy empalideceu à menção de Charles. Seria porque sentia muita falta dele ou porque Mirtes disse que estava descobrindo quem o matou?

— Não, eu não sabia disso. Era sobre isso que a senhora queria falar comigo? — Ela parecia desconfiada.

— Sim. Enquanto eu estava investigando, ouvi uma teste-munha dizer que a viu com Charles perto da cena do crime na noite em que ele foi assassinado.

Agora o rosto de Peggy estava completamente sem cor. — Essa pessoa deve ter se enganado e me confundido com alguém.

— A testemunha afirmou. — Mirtes mentiu, cruzando os dedos por baixo da mesa.

— Eu disse a Red e à polícia estadual que estava em casa com minha filha naquela noite — disse Peggy, evitando contato visu-al.

— E tenho certeza de que Natalie confirmou. Afinal de con-tas você é mãe dela. Mas você realmente quer colocar sua filha na posição de mentir a seu favor durante uma investigação de as-sassinato? — perguntou Mirtes carregando a voz com o máximo de reprovação.

Peggy respirou fundo e soltou o ar devagar, olhando para a mesa como se tentasse descobrir o que dizer. — Está bem. Eu es-tava lá com Charles na noite em que ele morreu. Mas não tive nada a ver com a morte dele, Sra. Mirtes. Precisa acreditar em mim!

— Por que você simplesmente não contou à polícia que es-tava lá? Não parece bom ter mentido sobre algo assim.

— Pense — implorou Peggy. — Sou mãe solteira. Minha mãe está morta há anos e agora papai está morto. Quem cuidaria de Natalie se eu fosse para a prisão? Por isso decidi não contar nada. Afinal, eu sabia que não estava envolvida. E o que aconte-ceria se a polícia não acreditasse em mim?

— O que aconteceu naquela noite?

— Eu estava tentando convencer Charles a sair comigo outra vez — confessou Peggy, em voz baixa. — Namoramos no ensino médio e ele me disse naquela época que planejava se casar comigo depois da formatura. Mas ele não cumpriu o que disse. Depois que nos formamos, ele me deixou para trás e foi embora de Bradley.

— Com um bebê — acrescentou Mirtes, em voz baixa.

Peggy lançou um olhar assustado. — Como a senhora sabia disso?

— Fique tranquila. Não é um boato circulando pela cidade, nem nada do tipo. Conversei com alguém que sabia a respeito da situação.

Peggy relaxou, mas sua expressão ainda era cautelosa. — Eu o encontrei no bar que ele costumava frequentar nas últimas noites. Ele não foi muito simpático comigo e ficava me interrompendo para falar com outra pessoa. Quando ele olhou para o relógio, pareceu surpreso como já era tarde. Provavelmente porque estava bêbado demais. Então, ele disse que precisava ir embora e eu o segui. Imaginei que talvez ele estivesse indo se encontrar com outra mulher.

Mirtes pigarreou. — Estou surpresa que realmente queira voltar com Charles. Depois de tudo que ele fez com você. Pensei que você e o Dr. Bass estavam começando a namorar.

Peggy deu uma risada rouca. — Não, Hugh e eu não estamos saindo juntos. Isso é algo que meu pai queria muito e que eu mesma comecei a acreditar. Quando eu ainda estava no ensino médio, meu pai sempre me dizia para não namorar Charles e que Hugh era mais centrado e tinha a cabeça no lugar. Papai contou para todo mundo que o Dr. Bass e eu estávamos namorando, inclusive para Charles. Mas não saímos juntos. O que aconteceu foi apenas uma vez, quando dividi uma mesa com Hugh quando ele veio aqui para comer. Exatamente como estamos fazendo agora. Papai ficou muito satisfeito quando descobriu.

— Então o Dr. Bass era já era um solteiro cobiçado no ensino médio. Parece bom demais para ser verdade. — Mirtes sabia como eram os adolescentes do ensino médio desde seus tempos de professora. Ela sempre suspeitou de relatos de adolescentes angelicais.

Peggy assentiu. — *Era* bom demais para ser verdade. Continuei dizendo ao papai que Hugh era tão rebelde quanto os outros garotos. Ele não era melhor do que Charles e pregava peças como todos os outros: destruindo caixas de correio, colocando papel higiênico nas árvores, jogando ovos em casas e carros. Não era como se Hugh fosse perfeito.

— Mas voltando à noite em que Charles foi assassinado. Ele estava a pé, certo?

— Sim, ele não queria ficar com a mãe, então estava hospedado naquele hotel a poucos quarteirões do centro da cidade. Mas ele não estava indo nessa direção. No começo, apenas o abordei no estacionamento do bar. Disse que queria construir um futuro ao lado dele ou pelo menos tê-lo envolvido na vida de Natalie. — O rosto de Peggy entristeceu. — Ele não queria ouvir. Simplesmente saiu pisando duro e eu o segui, ainda tentando fazê-lo me ouvir.

Ela hesitou, e Mirtes se perguntou se estaria editando a história antes de continuar. —Como disse, eu o segui para ver aonde ele estava indo. Eu não estava raciocinando direito. Estava bem atrás para que ele não me visse. Imaginei que se o visse se com outra mulher, eu perderia a cabeça e acabaria repreendendo os dois.

— Quando o alcancei, ele estava no jardim de alguém. No seu jardim, Sra. Mirtes. Eu sabia disso por causa dos gnomos.

— Como sabe que tenho uma coleção de gnomos? — Mirtes parecia surpresa.

— Acho que todos em Bradley sabem disso, Sra. Mirtes — disse Peggy, esboçando um sorriso.

— Depois que vi onde ele estava, não fiquei tão preocupada. — Peggy enrubesceu. — O que estou tentando dizer é que sei que a senhora e Charles não estavam envolvidos em um relacionamento nem algo do tipo.

Mirtes estremeceu. — É claro que não!

— Charles ficou parado no seu jardim por um tempo, meio que balançando e olhando para sua casa e para as casas vizinhas. Parecia confuso ou não sabia para qual casa estava indo. Então ele caminhou até o seu deque e ficou lá por um tempo. Estava com uma garrafa de cerveja que começou a beber no bar. A lua refletia no lago e pude vê-lo sentado ali, bebendo e olhando para a água.

Agora fazia sentido por que Charles estava no seu jardim. Mirtes se perguntou por que ele teria ido falar com Miles pelos *fundos*. Mesmo estando bêbado, teria conseguido cambalear até a porta da frente e não dos fundos. Ele provavelmente se sentou à beira do lago, bebeu um pouco mais e por fim reuniu coragem suficiente para persuadir Miles a investir em seu esquema ilegal.

— Alguém se juntou a ele. De onde eu estava, não conseguia ouvir a conversa. Mas me pareceu que estavam discutindo. Estavam balançando as mãos parecendo nervosos.

— Era um homem? — perguntou Mirtes, se inclinando sobre a mesa para ouvir mais de perto. Devia ter sido o pai de Peggy. Wanda disse que viu os dois.

— Não sei quem era — disse Peggy, desviando o olhar. — Mas sei que era um homem. Achei que Charles estava tentando fazer um daqueles negócios dos quais se gabava para todo mundo. Parece que era só sobre isso que Charles queria falar quando chegou à cidade: dinheiro.

— Viu mais alguém enquanto estava perto da minha casa? Alguém vindo, indo ou à espreita? — perguntou Mirtes, pensando em Silas.

Peggy pensou por um momento e depois negou com a cabeça. — Agora preciso ir. O movimento do restaurante está começando a aumentar.

Como se *um* cliente significasse *movimento*.

MIRTES AINDA QUERIA concluir mais uma tarefa naquele dia. Conversar com o Dr. Bass. Sabia que Miles não planejava voltar a se consultar com Hugh Bass, preferindo ir a um dentista em outra cidade. Passou a língua sobre os dentes. Não parecia haver nada lascado, quebrado ou que precisasse ser restaurado, então ela simplesmente iria até o consultório e esperaria no estacionamento até que ele saísse. O consultório sempre fechava às 17h30 em ponto.

Por sorte, ela não precisou ficar muito tempo no estacionamento. Alguns pacientes odontológicos preocupados vieram
perguntar se ela estava bem e se precisava de alguma coisa. Um
deles parecia suspeitar que ela sofria de demência e estava determinado a deixá-la na casa de Red. Mirtes conseguiu despachar a
mulher, mas precisou ser um pouco mais rude do que o normal.
Essa demonstração de temperamento foi a única coisa que convenceu a boa samaritana de que Mirtes não estava com problemas cognitivos.

Quando viu Pam, a higienista, sair, Mirtes rapidamente desapareceu de vista. Pam seria capaz de ligar para Red por pura
maldade, fingindo preocupação.

Finalmente, o Dr. Bass saiu do prédio, trancando a porta
com cuidado. Ele ergueu as sobrancelhas surpreso ao ver Mirtes.
— Sra. Clover? Estamos fechados agora. A senhora está com algum problema? Por que não liga para Pam amanhã cedo e marca
uma consulta? Diga que eu pedi para encaixá-la em um horário.

— Muito obrigada, Dr. Bass, mas meus dentes estão bem.
— Mirtes bateu em alguma madeira imaginária. Tudo o que não
precisava agora eram problemas dentários. — Na verdade, eu
queria lhe fazer algumas perguntas.

— Algumas perguntas? — Agora o Dr. Bass parecia preocupado.

Mirtes assentiu. — Não sei se você sabe, mas sou repórter investigativa do *Bradley Bugle*.

O Dr. Bass deu a um sorriso com a intenção de demonstrar
interesse, mas só conseguiu expressar indiferença. — A senhora
mencionou isso antes.

— Ah. De qualquer forma, estive investigando esses assassinatos e agora sinto que estou bem perto de juntar as peças finais do quebra-cabeça. Assim que fizer isso, avisarei a Red que resolvi o caso.

Os lábios do Dr. Bass se apertaram em uma linha fina.

— Mas ainda estou tentando resolver algumas coisas. Como por exemplo, o seu envolvimento neste caso.

— Eu não diria que tenho qualquer envolvimento no caso — disse o Dr. Bass, de forma brusca. — Afinal, conheci a vítima no ensino médio. Mas é óbvio que lamento que ele esteja morto.

— Dr. Bass, sei que o seu envolvimento com Charles Clayborne vai além disso. — Mirtes notou que o sorriso malicioso finalmente desapareceu do rosto do dentista. — E também sei que quando se formaram no ensino médio, se mudaram para a mesma cidade, frequentaram a mesma faculdade, sendo inclusive colegas de quarto. E por aí vai.

Hugh Bass deu de ombros. — É apenas uma forma de economizar dinheiro. — O olhar dele era penetrante.

— Tudo isso vai contra o que disse, ou seja, que não via Charles há vários anos. Você mentiu. Também ouvi dizer que teve uma discussão com Charles Clayborne alguns dias antes de ele ser assassinado.

Dr. Bass cruzou os braços sobre o peito em uma postura defensiva. — Podemos ter discutido. Eu não o matei, se é isso que a senhora está insinuando.

— Sobre o que discutiram?

Hugh ainda parecia hesitante, tentando decidir o quanto contar a Mirtes. — Nada disso vai sair no jornal, certo?

— Dr. Bass, neste momento, estou apenas tentando descobrir o que aconteceu. — E era verdade. Não havia necessidade de assustar o homem antes que ele lhe desse informações.

— Discutimos porque Charles estava tentando me forçar a investir nesse negócio suspeito que ele estava armando — disse o dentista com um suspiro. — Obviamente era algum tipo de fraude, esquema de pirâmide ou algo parecido. Eu não queria me envolver e Charles estava convencido de que, *desta* vez, ficaria rico. Eu disse a ele que a melhor maneira de ficar rico era escolhendo algo em que você fosse bom e investir tempo e suor todos os dias. Não era o tipo de conselho que Charles gostava de ouvir e continuou insistindo, tentando me convencer. É provável que tenha sido isso que sua testemunha viu: Charles discutindo comigo, e não o contrário.

— Por que ele pensou que poderia persuadi-lo a investir em algo que você não tinha interesse? — perguntou Mirtes, em tom causal. Será que ele contaria que Charles estava tentando chantageá-lo? Antecedentes criminais com ordem de prisão e uma licença odontológica revogada, não seria algo fácil para a cidade de Bradley tolerar.

A expressão cautelosa voltou ao rosto do Dr. Bass. De repente, ele tirou a chave do carro do bolso. — Crescemos juntos, lembra? Fizemos muitas coisas por imaturidade quando adolescentes e tenho certeza que Charles poderia usar isso para me persuadir.

— Você finalmente o convenceu de que não iria investir? — perguntou Mirtes, concluindo que ele ainda não estava inclinado a falar sobre o passado. — Como conseguiu?

— Não, Charles era o tipo de cara que nunca desistia. Ele continuaria falando sobre o esquema, com certeza. Inclusive me disse que tinha um primo aposentado e muito honesto, que estava planejando investir.

Finalmente, alguma ideia do motivo pelo qual Charles estava tentando falar com Miles. Charles presumiu que poderia convencê-lo a investir no esquema. Quem sabe se Miles teria sido persuadido, se o encontro tivesse acontecido? Miles às vezes era um coração mole.

NAQUELA NOITE, MIRTES tentou relaxar, mas uma onda de excitação continuava a invadi-la. Tinha feito um ótimo trabalho espalhando pela cidade que estava prestes a resolver o caso e revelar a Red o nome do culpado. Armou o terreno para a visita de um intruso naquela noite. Além disso, foi inteligente e se preveniu. Tinha spray de pimenta, um bule de café para mantê-la acordada e um amigo para lhe fazer companhia. Estava preparada.

Às 21h, Mirtes achou que deveria desligar as luzes. Que intruso tentaria atacá-la enquanto todas as luzes estivessem acesas? E suspeitava que o intruso não era burro para fazer isso. Ela também se certificou de que as luzes do sensor de movimento ainda estivessem desligadas. E trancou a porta, pois não queria que o assassino percebesse que ela havia preparado uma armadilha.

Em seguida, destrancou a porta da frente para que Miles pudesse entrar rapidamente às 23h e para que *ela* pudesse *sair rápido*, caso fosse necessário. Também colocou alguns travesseiros na cama para fazer parecer que estava dormindo e puxou as cobertas sobre os travesseiros. Parecia uma pessoa adormecida. No escuro, era convincente. Não queria estar no quarto com o assassino, pois não haveria saída.

Serviu uma xícara grande de café e colocou uma cadeira do lado de fora da porta da cozinha. Dessa forma, poderia ouvir quando alguém entrava pelos fundos.

Mas Mirtes ainda não estava pronta para ficar de guarda. Ainda era cedo demais. Decidiu se sentar no sofá da sala e ler com uma luz de leitura até Miles chegar, e depois iria para seu posto de guarda.

Às 23h, pensou ter ouvido um som de algo se arrastando do lado de fora da porta dos fundos e ficou intrigada. Miles deveria entrar pela porta principal. Além disso, era ainda era muito cedo para ele chegar.

Mirtes congelou enquanto apurava os ouvidos, pois o ruído metálico continuava.

Alguém estava tentando destrancar a porta dos fundos no escuro.

Capítulo Dezenove

Mirtes pegou o spray de pimenta no momento em que a porta dos fundos se abriu. Espiou com cuidado pela porta da cozinha e viu o intruso entrando no quarto. Com certeza era alguém que estava familiarizado com a casa por causa das invasões anteriores.

Pensou em pegar o telefone e ligar para Red ou Miles, mas sabia que não haveria tempo suficiente. Os travesseiros na cama não enganariam Hugh Bass por muito tempo.

Um som cortante veio do quarto e Mirtes ficou com a respiração presa na garganta. Parecia uma facada.

Um grito ecoou e Hugh Bass saiu correndo do quarto... e viu Mirtes do outro lado da bancada da cozinha. Ele ergueu a faca e partiu na direção dela. Mirtes esperou, com o sangue pulsando na cabeça, até ele se aproximar. Então ergueu o frasco de spray de pimenta e direcionou o jato direto para o rosto dele.

Com um uivo de dor, o Dr. Bass caiu de joelhos, esfregando os olhos. Mirtes agiu rápido, pegou a faca e a jogou para o outro lado da cozinha. Ela olhou desesperadamente ao redor, procurando por algo que pudesse usar para deixar o dentista inconsciente antes que ele a atacasse outra vez.

Então ela abriu o freezer, puxou o presunto congelado de 6kg até a borda da prateleira inferior com alguma dificuldade e deixou na cabeça do Dr. Bass.

Foi um nocaute.

EM SEGUIDA, MIRTES ligou para Miles. Ainda sentia a adrenalina correndo por suas veias e tudo o que conseguiu dizer foi meio distorcido. Miles interpretou como 'Ligue para Red e venha rápido', e foi exatamente o que ele fez.

Pela primeira vez, foi bom que Red morasse tão próximo, porque o Dr. Bass começou a se mexer depois alguns minutos. Mirtes pegou a bengala na sala e se sentou em um dos bancos da cozinha, pronta para se defender caso ele recobrasse a consciência e voltasse a atacá-la.

Mas assim que Red e Miles entraram correndo, ela decidiu se sentar em sua poltrona favorita na sala. Estava tremendo e se serviu de um cálice de xerez para acalmar os nervos. Pensando melhor, decidiu levar a garrafa para a sala.

A polícia estadual não demorou a chegar. Tiraram várias fotos da cozinha e colheram amostras do jardim. E também encontraram uma chave da casa de Mirtes no bolso do Dr. Bass. Ela disse à polícia onde poderiam encontrar a faca com a qual o dentista tentou matá-la. É claro, que havia o fato de o Dr. Bass estar todo vestido de preto, até mesmo com um boné preto e luvas pretas.

Nenhuma dessas coisas indicava evidências de que o Dr. Bass havia invadido a casa. Mas, felizmente, algo o fez o soltar a língua. Talvez estivesse cansado de guardar tantos segredos e contá-los foi um alívio, ou o presunto congelado o fez perder a noção das coisas que estava dizendo. De qualquer forma, ele confessou à polícia, que rapidamente o informou dos seus direitos.

Miles estava bebendo xerez em uma das canecas do banheiro, já que a cozinha estava ocupada pela polícia. — Acho que calculamos mal o horário que o Dr. Bass chegaria. A propósito, era *ele* quem você estava esperando? Quero dizer, você já tinha descoberto que foi ele quem matou Charles e Lee Woosley?

— Tem razão — admitiu Mirtes com relutância. — Calculamos mal. Foi sorte eu estar preparada para possíveis intercorrências. E sim, eu estava esperando o Dr. Bass. Mas não imaginei que ele vinha de barco. Se tivesse pensado nisso, teria pedido que você viesse mais cedo. Ah, e o Dr. Bass não matou Charles.

Miles abriu a boca, mas fechou em seguida. Não era um visual atraente.

Mirtes não tinha certeza a que parte do comentário Miles estava reagindo. — O Dr. Bass também mora no lago e não gostaria de correr o risco de ser visto se aproximando da minha casa pela rua e depois atravessando o jardim de algum vizinho. Ele fez isso uma vez e as luzes do sensor de movimento de Erma se apagaram. Ao chegar em um pequeno barco, ele parou de forma silenciosa no deque e subiu pela parte arborizada até o jardim.

Miles finalmente recuperou a fala. — Entendi. Mas, o Dr. Bass não matou o primo Charles?

— Ah não. Lee Woosley matou Charles. E então o Dr. Bass matou Lee Woosley.

— Mas por quê? Quero dizer, entendo o motivo de Lee ter matado Charles, afinal ele tratou a filha dele de maneira horrível no passado e continuou a tratando mal quando voltou para a cidade. Mas não consigo entender por que o Dr. Bass iria querer matar Lee.

— Vou contar o que acho que aconteceu e então Red poderá confirmar minhas deduções, já que parece que o Dr. Bass está confessando tudo e mais um pouco. Peggy Neighbours tentou fazer com que Charles reatasse o relacionamento. Ela contou sobre a filha, mas ele não queria nada com Peggy, tampouco com a filha. A garota está terminando o ensino médio e Peggy provavelmente precisa de ajuda financeira para pagar a faculdade da filha. Esse é exatamente o tipo de problema que Charles não gostaria de ter. Peggy ficou chateada e contou ao pai o que aconteceu. Acho que deve ter contado por telefone e então Lee decidiu confrontar Charles.

Miles assentiu. — Faz sentido. Mas onde entra o Dr. Bass nessa história?

— Estou chegando nessa parte! Então Lee tem uma discussão com Charles no deque. Wanda viu. No decorrer da discussão, ele diz a Charles que Peggy não precisa dele e que ele não é bom o suficiente para Peggy, e conta que ela está começando a namorar o solteiro mais cobiçado da cidade, Dr. Hugh Bass.

Miles não parecia convencido. — Peggy Neighbors e Dr. Bass? Não consigo imaginar os dois juntos. Peggy é uma moça *legal*, mas...

— Exatamente. Então a reação de Charles, quando os dois estavam discutindo no deque, foi rir. Ele não apenas debochou do relacionamento de Peggy com o Dr. Bass, mas também do fato de Lee achar que ele é um solteiro cobiçado. Charles teria zombado disso, contando a Lee que o Dr. Bass é na verdade um ex-presidiário, que inclusive teve a licença odontológica revogada.

Miles assentiu. — Então os homens, como você mencionou, estavam discutindo no deque. E como Charles acabou morto no seu jardim?

— Em algum momento, Charles vai embora. O plano dele é conversar com você sobre algum tipo de esquema no qual quer que você invista. Mas ele tem bebido demais, lembra? Então cambaleia até o seu jardim, mas se confunde e acaba no meu. Lee o segue, ainda furioso com toda a situação e com o que Charles lhe contou. Charles é especialista em enfurecer as pessoas.

— E bate na cabeça de Charles com seu gnomo viking — concluiu Miles.

— Quebrando-o com toda força. Era o único objeto pesado disponível. Acho que Peggy até viu o pai. Acredito que deva ter visto, já que estava seguindo Charles. Aposto que acabará contando a Red e à polícia estadual tudo o que viu.

Miles tomou um gole de xerez, pensativo. —Então, vejamos. Isso significa que de alguma forma Lee falou com o Dr. Bass. Acha que ele tentou chantagear o dentista? Tirar algum dinheiro dele? Acredito que, como faz-tudo, ele não deve ter uma boa renda. E provavelmente ajudou a sustentar Peggy e a neta.

— Não sei. Red pode ter as respostas, já que o Dr. Bass está lá dentro contando tudo. Mas não consigo imaginar Lee Woosley sendo ambicioso a ponto de chantagear alguém. Ele era uma boa pessoa. E antiquado. Acho que ficou ofendido pelo fato de o Dr. Bass praticar odontologia em Bradley, depois do que fez na

Virgínia Ocidental. Acredito que confrontou o Dr. Bass um dia antes de ser assassinado. Talvez até tenha dado um ultimato no dentista: saia da cidade ou contarei tudo a Red.

— Então Lee voltou para sua casa durante o funeral para terminar o trabalho que havia começado para antes que todos aparecessem para a recepção.

— E o Dr. Bass o seguiu. Afinal, não havia ninguém por perto, já que a cidade inteira estava no funeral. Foi o momento perfeito para se livrar de Lee Woosley. Dusty até deixou uma pá no jardim. Bastante conveniente. Então ele só teve que ficar fora de vista como de costume e continuar sendo anti-social. Mas não resistiu em voltar para ver se havia deixado alguma pista ou se havia sido descoberto. Elaine tirou uma foto dele durante a recepção.

— Consigo imaginá-lo fazendo tudo isso. Mas não entendo por que ele jogou ovos na sua casa e mexeu nas suas coisas.

— Acho que o Dr. Bass estava tentando me confundir e mexer com a minha memória para que eu parasse de bisbilhotar o caso. Peggy até mencionou que ele andava com uma turma no ensino médio que gostava de pregar peças, tipo jogar papel higiênico em árvores, atirar ovos em casas e coisas do tipo. Quanto a invadir minha casa, acredito que ele estava tentando fazer outra coisa. A minha casa fica no caminho entre a casa dele e o consultório. Ele deve ter visto Puddin guardando a chave em algum momento e a pegou pensando que talvez precisasse me silenciar em algum momento.

— Faz sentido. Mas você me disse que alguém esteve na sua casa durante o dia. E o Dr. Bass trabalha durante o dia.

— Sim, mas você me contou que ele tirou alguns dias de folga e por isso você teve que ir ao dentista em Simonton. A minha casa foi arrombada nesse período. Acho que ele também estava tentando descobrir como andava o progresso do caso. Ele sabia que eu estava investigando. Pode ter procurado cadernos com anotações sobre os assassinatos ou um diário. E para completar, colocou várias coisas em lugares estranhos para confundir a minha cabeça.

— Ainda bem que não funcionou — disse Miles.

Mirtes não respondeu. Não queria admitir que o Dr. Bass a fez começar a se questionar se estava mesmo perdendo a memória.

Miles soltou um suspiro de satisfação. — É um final bastante satisfatório para o caso. Justiça para todos. Lee Woosley pagou pela vida de Charles com a própria vida. Hugh Bass foi preso e pagará pelo assassinato de Lee e por exercer odontologia sem licença. E tudo voltou ao normal.

Quando o Dr. Bass foi levado pela polícia, Mirtes teve que concordar.

NA VERDADE, TUDO ESTAVA *melhor* do que o normal, pensou Mirtes, na manhã seguinte. Ela colocou os pés sobre um pufe enquanto Puddin limpava a casa, colocando um pouco de esforço no processo, pela primeira vez.

Dusty estava cortando a grama... *outra vez!* Embora não fosse necessário. Inclusive aparou os arbustos.

Dan Doido e Wanda haviam retornado. Dan estava recolocando as fechaduras nas portas e Wanda lembrou que as luzes do sensor de movimento precisavam ser religadas.

A cereja do bolo veio quando Connie, a tia de Miles insistiu em dar a Mirtes a recompensa pelas informações sobre a morte de seu filho. Mirtes fez algumas tentativas modestas de recusar o cheque, mas se convenceu de que precisava aceitá-lo e usou parte do dinheiro para comprar uma câmera nova para Elaine.

A matéria de primeira página de Mirtes para o *Bradley Bugle,* cobrindo a tentativa de atentado à sua vida e a prisão do assassino, foi um sucesso espetacular e a edição mais vendida do jornal. Até apareceu em outros noticiários. A foto que Elaine tirou do Dr. Bass conversando com Lee Woosley ilustrou a matéria, dando um toque especial à história.

Red estava conversando com um empreiteiro sobre colocar uma cerca de privacidade no jardim. Ele decidiu que precisava evitar que o jardim de Mirtes se tornasse um local popular para futuros crimes. A cerca de privacidade significava que Erma não ficaria mais bisbilhotando quando Mirtes estivesse tentando ter um momento de tranquilidade no jardim.

O melhor de tudo foi quando Miles bateu na porta com um sorriso, a fita do último episódio de *Tomorrow's Promise* e um gnomo viking novinho em folha.

Sobre a Autora:

Elizabeth publica as séries Os Mistérios de Southern Quilting e Memphis Barbeque pela Penguin Random House, Os Mistérios de Mirtes Clover pela Midnight Ink e como autora independente. Escreve também em seu blog: ElizabethSpannCraig.com/blog, eleito pela Writer's Digest como um dos 101 melhores sites para escritores. Elizabeth vive em Matthews, Carolina do Norte, com o marido. Ela é mãe de dois filhos.

Mônica Martins

Formada em Nutrição, especializada em alimentação por sonda, sempre foi apaixonada livros e pela língua inglesa.

Em 2020 decidiu seguir o que a fazia feliz e fez uma transição de carreira. Hoje além de tradutora, também é professora de inglês.

Mônica é brasileira, mora no Rio de Janeiro e sonha em conhecer a Inglaterra e a Irlanda.

Adora ler em dias chuvosos bebendo uma xícara de chá Earl grey. Seus gêneros literários preferidos são cozy mystery, romances históricos e suspense.

Outras informações:

Adoro interagir com meus leitores. Você pode me encontrar no Facebook como Elizabeth Spann Craig Author, no Twitter como elizabethscraig, no meu site elizabethspanncraig.com e no e-mail elizabethspanncraig@gmail.com.

Muito obrigada por ler meu livro... Fico muito agradecida. Se você gostou da história, poderia deixar um breve comentário no site onde adquiriu o livro? Algumas poucas palavras seriam suficientes. Não apenas me sinto encorajada ao lê-las, como também ajudam outros leitores a descobrir meus livros. Obrigada!

Você sabia que meus livros estão disponíveis no formato impresso e em e-book? A maior parte da série Os Mistérios de Mirtes Clover também está disponível em áudio, assim como alguns da série Southern Quilting Mysteries.

Eco bags, pingentes, imãs, e outras miudezas estão à venda na minha loja online no Café Press.

Se quiser um livro autografado para você ou para presentear um amigo, visite minha página na Etsy.

Também gostaria de agradecer a algumas pessoas que me ajudaram a publicar este livro. Obrigada à Karri Klawiter, pelas lindas capas. Obrigada à Judy Beatty por toda a ajuda. Obrigada aos leitores beta, Amanda Arrieta e Dan Harris, pelas sugestões e leitura crítica. Obrigada a todos os leitores beta por ajudarem na divulgação do livro. E como sempre, obrigada à minha família e a todos os meus leitores.

Outros livros de Elizabeth:

O s Mistérios de Mirtes Clover em ordem (não esqueça que os livros podem ser encontrados no formato impresso, digital e áudio):

Linda de morrer

Morte no jantar

Morte no salão

Um corpo no jardim

Death at a Drop-In

A Body at Book Club

Uma visita da morte

A Body at Bunco

Assassinato na noite de estréia

Assassinato em alto-mar

Um crime na escola de culinária

A Body in the Trunk

Cleaning is Murder

Edit to Death

Hushed Up

Southern Quilting Mysteries em ordem:

Quilt or Innocence

Knot What it Seams
Quilt Trip
Shear Trouble
Tying the Knot
Patch of Trouble
Fall to Pieces
Rest in Pieces
On Pins and Needles
Fit to be Tied
Embroidering the Truth
The Village Library Mysteries em ordem (Lançamento em 2019):
Checked Out
Overdue
Memphis Barbeque Mysteries em ordem (Publicados como Riley Adams):
Delicious and Suspicious
Finger Lickin' Dead
Hickory Smoked Homicide
Rubbed Out
E o livro: Race to Refuge, publicado como Liz Craig.